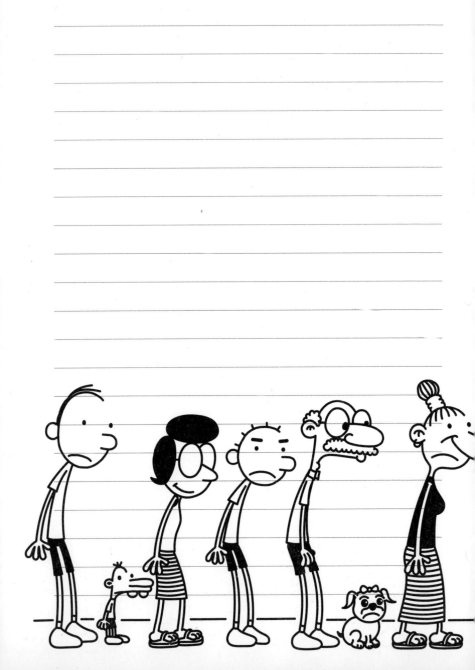

Diary of a Wimpy Kid

윔피 키드 ⑲

할머니의 미트볼 레시피 일기

제프 키니 글·그림

지혜연 옮김

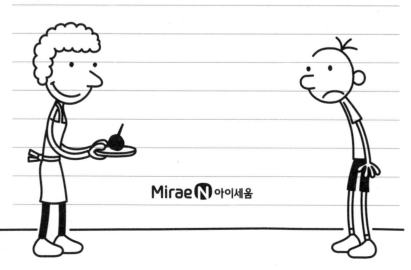

Mirae Ⓝ 아이세움

윔피 키드 ❿ 할머니의 미트볼 레시피 일기

지은이 제프 키니 | **옮긴이** 지혜연

찍은날 2024년 11월 18일 초판 1쇄 | **펴낸날** 2024년 12월 5일 초판 1쇄

펴낸이 신광수 | **CS본부장** 강윤구 | **출판개발실장** 위귀영 | **디자인실장** 손현지

아동문학파트 백한별, 강별 | **출판디자인팀** 최진아, 김현중 | **저작권 업무** 김마이, 이아람

출판사업팀 이용복, 민현기, 우광일, 김선영, 신지애, 허성배, 이강원, 정유, 정슬기, 정재욱, 박세화, 김종민, 정영묵, 전지현

CS지원팀 봉대중, 이주연, 이형배, 이우성, 전효정, 장현우, 정보길

펴낸곳 (주)미래엔 | **등록** 1950년 11월 1일 제16−67호 | **주소** 서울특별시 서초구 신반포로 321

전화 미래엔 고객센터 1800−8890 **팩스** 541−8249 | **홈페이지 주소** www.mirae−n.com

ISBN 979-11-7311-377-2 74840
ISBN 978-89-378-3780-7 (세트)

책값은 뒤표지에 있습니다. 파본은 구입처에서 교환해 드리며, 관련 법령에 따라 환불해 드립니다.
다만, 제품 훼손 시 환불이 불가능합니다.

KC 마크는 이 제품이 공통안전기준에 적합하였음을 의미합니다 .
사용 연령 : 8세 이상

폴 앤서니에게

6월

아빠가 입버릇처럼 하는 말이 있다. 코딱지를 팔지 말지는
개인의 자유지만 호적은 맘대로 파낼 수는 없다고. 아빠 말이
무슨 뜻인지 모르는 바는 아니다. 하지만 가족 운명 공동체라고
해서 왜 꼭 팝콘까지 나눠 먹어야 하는지, 그것이 알고 싶다.

물론 아빠 말이 맞다. 사람은 누구나 태어나자마자 운명적으로
한 가족의 구성원이 된다. 비록 원하는 가족을 고를 수 있는 건
아니지만.

사실, 태어날 때부터 너무나 많은 일들이 우리 의지와
상관없이 이미 정해져 있다. 예를 들어 우리가 사는 곳이며
사용하게 될 언어까지 말이다. 그런데 갓난아기 때는 말을
못해서 의사 표현을 할 수가 없다. 그러니 우리를 키워 주는
어른들에게 자두와 삶은 당근을 섞어 으깨면 끔찍한 맛이
난다는 말을 할 수가 없는 것이다.

어린이가 되어 처음 깨닫는 사실은 모든 결정권이 어른들에게
있다는 점이다. 두 번째로 깨닫게 되는 사실은 어른들이
내린 결정이 늘 가장 좋은 선택만은 아니라는 거다.

8

그러다 <u>우리의</u> 모든 것을 결정하는 어른들 위에, 그
어른들을 맘대로 휘두르는 존재가 있다는 것을 알게 된다.

적어도, 우리 집에는 분명 있다. 우리 집안은 할머니가 모든
일에 있어서 최종 결정권을 가지고 있다. 겉모습만 보면
할머니에게 그렇게 막강한 권력이 있을 거라고는 꿈에도
생각하지 못할 테지만.

할머니가 우리 집안의 최고 권력자가 된 데에는 드라마 같은
사연이 있다.

미마우 증조할머니가 돌아가셨을 때, 누군가가 증조할머니를
대신해서 집안의 우두머리를 맡아야 했다. 하지만 우리 할머니는
네 자매 중 막내여서 언니들을 제치고 집안의 대소사를 두루
살피는 우두머리가 될 가능성은 거의 없어 보였다.

그러다 상황이 완전히 뒤바뀌는 일이 일어났다. 언젠가 부활절 가족 식사 모임에 우리 할머니가 미트볼을 한 냄비 만들었는데 온 가족이 그 맛에 **홀딱** 반해 버린 것이다.

허먼 증조할아버지는 우리 할머니가 우리 집안 최고의 요리사라고 공식적으로 선언했고, 식구들도 다 인정했다. 하지만 할머니의 언니들 입장에서는 분명 받아들이기는 쉽지 않았을 거다.

이것이 바로 우리 집안의 전통이다. 최고의 요리 실력을 가진 사람이 집안의 우두머리가 되어 추수 감사절이나 크리스마스 같은 중요한 날에 가족 모임을 주관하게 되는 것! 하지만 할머니의 언니들은 다 멀리 살고 있었고 중요한 날이라고 해서 먼 거리를 이동하고 싶어 하지 않았다.

언젠가 할머니의 언니인 루 할머니가 **자신만의** 특별한 레시피로 우리 할머니에게 도전장을 내밀었다. 하지만 우리 할머니의 미트볼을 뛰어넘을 수는 없었다.

우리 할머니가 특별한 미트볼을 가족들에게 선보인 뒤, 모두가 할머니에게 미트볼을 만드는 비법을 가르쳐 달라고 졸라 대고 있는 상황이다.

하지만 우리 할머니는 그렇게 어리석지 않다. 레시피를 알려 주면 곧 막강한 **권력**을 잃게 된다는 것을 잘 알고 있다.

할머니는 그 미트볼에는 단 하나의 재료, 바로 '사랑'이 들어갈 뿐이라고 둘러댄다.

하지만 그 누구도 그 말을 곧이곧대로 믿는 것 같지 않다. 최근 들어서 이모들은 어떻게 해서든 할머니의 레시피를 **훔치려고** 혈안이 되어 있었다.

작년 크리스마스 때였다. 그레첸 이모가 미트볼 몇 개를 슬쩍 훔치려고 했다. 아마도 미트볼을 실험실로 가져가 어떤 재료가 들어 있는지 분석하려 했던 모양이다. 그레첸 이모의 계획은 성공하는 듯했다. 하지만 자동차에 올라타기도 전, 할머니가 키우는 강아지 스위티가 냄새로 미트볼을 찾아내는 바람에 들켜 버렸다.

어느 날 밤인가는 오드리 이모가 뜬금없이 할머니랑 며칠 지내겠다며 찾아왔다. 이모는 할머니가 미트볼 반죽을 만드는 과정을 몰래 촬영하기 위해 찬장 속에 스마트폰을 설치해 두었다. 하지만 숨겨 놓았던 스마트폰을 할머니에게 들켰고, 할머니는 이모의 스마트폰을 음식물 쓰레기 처리기에 넣고 갈아 버렸다.

모두가 할머니 미트볼 레시피가 최고라며 늘 입이 마르게 칭찬을 했다. 이 미트볼로 식당을 열면 떼돈을 벌 수 있을 거라고도 했다. 베로니카 이모는 사업가이다. 실제로 이모는 할머니의 미트볼 레시피로 **프랜차이즈** 식당을 개업하려는 사업 계획까지 세우기도 했었다.

하지만 할머니는 식당에서 무슨 진정한 집밥의 맛을 느낄 수 있겠냐며 단칼에 거절했다. 할머니의 미트볼은 오직 우리 가족만을 위한 음식이라는 거다.

너무 야속하게 들릴지 모르지만, 나는 할머니가 **빠른** 시일에 가족 중 누군가에게 미트볼 레시피를 전수해 주기를 진정으로 바라고 있다. 할머니가 다시 젊어질 수는 없는 일이니까. 심지어 얼마 전에 할머니는 살던 집을 떠나 복지 시설을 갖춘 근처 실버타운에서 지내고 있다.

엄마 말에 의하면, 할머니는 비슷한 또래의 어른들과 다양한 활동을 즐기면서 무척 잘 지낸다고 한다. 하지만 나는 내가 나이가 들었을 때 자식들이 **나를** 요양 시설에 보내 버리지 않았으면 좋겠다. 왜냐하면 솔직히 나는 나이가 들어서 자식들에게 무거운 짐이 될 날만 손꼽아 기다리고 있기 때문이다.

할머니는 곧 일흔다섯 살이 된다. 엄마와 이모들은 할머니를
위해 아주 성대한 생일잔치를 열고 싶어 했다. 하지만 할머니는
자신 때문에 괜히 여러 사람 번거롭게 하고 싶지 않고, 이제 더
이상 그런 가족 모임을 주최할 기력도 없다며 계속 거절했다.

할머니가 정말로 바라는 건 다른 거였다. 자신은 같이 못
가더라도, 가족들이 다 함께 루티넥 섬으로 여행을 가는 것.
그곳은 엄마와 이모들이 어렸을 때 방학마다 가족여행을 갔던
곳이었다. 거기로 여행을 가 주면 생각만 해도 너무 행복할 것
같다면서, 할머니는 더 이상 바랄 게 없다고 말했다.

할머니가 원하는 선물도 단 하나, 온 가족이 루티넥 섬에 가서
오래된 등대를 배경으로 해변에서 찍은 가족사진 한 장이었다.
할머니가 여전히 간직하고 있는 옛날 사진과 똑같은 장소에서
찍은 사진 말이다.

엄마와 이모들은 할머니가 생일 선물로 바라는 게 그 사진 하나라고 하니 거절할 수 없었던 모양이다. 안 들어주면 죄를 짓는 느낌이었을 테니까.

할머니의 말 한마디로 온 가족의 여름휴가 계획이 순식간에 틀어졌다. 모든 가족을 휘두르는 막강한 권력이 할머니에게 있다는 걸 명확하게 보여 주는 증거였다.

하지만 나는 이번 여행에 가고 싶은 마음이 전혀 없다. 해변을 좋아하는 활발하고 외향적인 성향이 아니기 때문이다. 하지만 엄마는 행복한 추억을 많이 쌓을 수 있을 거라고 했다. 심지어 엄마는 이번 여행을 더 특별한 추억으로 만들기 위해 어렸을 때 묵었던 바로 그 '비치 하우스'를 예약했다.

사진만 봐도 알 수 있었다. 엄마가 빌린 비치 하우스는 아무리 봐도 이 많은 식구들이 함께 지내기에는 다소 무리 같았다. 엄마와 이모들의 식구가 어렸을 때보다 훨씬 많아졌기 때문이다. 그리고 식구 수도 수지만 성격이나 취향이 이렇게 제각각인 사람들이 함께 여행을 떠난다는 것 자체가 더 걱정이 돼서 벌써부터 어쩐지 불안불안하다.

엄마와 이모들이 만나는 횟수는 1년에 손가락으로 꼽을 정도다. 자주 만나지 않는 데는 그만한 이유가 있다. 서로 만나기만 하면 늘 **티격태격** 싸우기 때문이다. 이따금씩 싸움이 격해져서 할머니가 끼어들어 뜯어말려야 할 정도다.

그러니 이 시점에서, 내가 한번 짚고 넘어가야겠다. 애초에 이번 여행을 계획한 것 자체가 끔찍한 실수다. 대가족이 함께 여행을 떠나는 것은 새로운 레시피를 시도하는 것과 같다. 그리고 때로는 같이 섞으면 안 되는 재료들이 있는 법이다.

<u>화요일</u>

엄마는 형과 나, 동생에게 낡은 앨범을 꺼내 보여 주었는데 예전에 루티넥 섬에서 보냈던 가족여행 사진이 들어 있었다. 이번 여행을 더욱 기대하게 하려는 것이었다. 그런데 앨범을 넘길 때마다 누군가를 칼로 오려 낸 사진이 심심치 않게 보였다.

엄마는 이모들과 사귀다 헤어진 남자들을 할머니가 오려 낸 것이라고 말해 주었다. 할머니는 모름지기 가족 앨범의 사진 속에는 오직 우리 **가족만** 있어야 한다고 생각하는 분이었다면서.

엄마 말을 들어 보니 문득 나의 궁금증이 해결되었다는 걸 알았다. 어렸을 때, 모르는 형들의 사진이 가득 들어 있던 봉투를 발견한 적이 있었다. 전부 어딘가에서 오려 낸 사진들이었다. 그땐 그 형들이 누구일지 전혀 생각도 못 했었다.

나는 형들 사진으로 인형 놀이를 했었다. 만화에 나오는 인물이라고 생각하고 인물마다 황당한 이야기를 지어 주곤 했다.

엄마가 가족들과 마지막으로 루티넥 섬에 여행을 간 것은 엄마와 이모들이 고등학교를 다니던 시절이었다. 아마 그해 여름에 분명 케이키 이모에게 남자 친구가 있었던 모양이다. 이모 옆에 있던 누군가를 오려 낸 사진이 엄청나게 많았으니까.

엄마에게 케이키 이모의 남자 친구에 대해 물었더니, 엄마는
너무 오래전 일이라 아무것도 기억나지 않는다고 했다.

할머니는 어느 순간 사진에서 전 남자 친구들을 일일이 오려
내는 일이 아주 귀찮아졌던 것 같다. 결국 할머니는 규칙을
하나 정했다. 공식적으로 결혼을 해 가족이 되기 전에는 그
누구도 가족사진을 찍을 때 함께할 수 없다는 규칙.

그 규칙 때문에 빈센트 아저씨가 조금 난처해지기도 했다.
빈센트 아저씨는 케이키 이모와 6년째 사귀고 있지만, 우리가
가족사진을 찍을 때 항상 카메라 뒤편에 서야 한다. 그러다
보니 빈센트 아저씨가 갑자기 우리와 멀찍이 떨어져 있어야
하는 어색한 상황이 벌어진다.

아마도 노아 아저씨라는 사람과 사진을 너무 많이 찍었던 경험을 통해 배운 결과라고 할 수 있다. 노아 아저씨는 베로니카 이모와 한때 사귀었던 사람이다. 우리 가족 모두 노아 아저씨를 무척 좋아했다. 그 바람에 아저씨가 맨 앞과 한가운데에 서서 찍은 사진이 너무나 많았다.

사실, 할머니가 매년 온 친척에게 우편으로 보내는 가족 신문에 노아 아저씨의 근황이 몇 번이나 실렸을 정도였다.

요모조모 가족 소식

노아 와일리가 또 한 번 해내다

노아 와일리, 지역 매니저로 승진!

다음 행보가 기대되는 노아 와일리

하지만 안타깝게도 베로니카 이모와 노아 아저씨는 헤어지고
말았다. 이후 노아 아저씨의 근황은 우리 가족 신문에서
사라졌다. 가족 신문을 받아 보는 친척들이 이따금씩 노아
아저씨에 대해 물어볼 때마다 보통 난처한 게 아니다.

하지만 그보다 **훨씬 더** 난감했던 일이 있었다. 노아 아저씨가
우리 가족 모임 기념 티셔츠를 아직도 가지고 있다는 사실을
알게 된 할머니가 곧장 노아 아저씨가 다니는 헬스장까지
찾아가 티셔츠를 돌려받았을 때다.

내 생각엔 빈센트 아저씨가 조만간 케이키 이모에게 청혼할 것 같다. 아저씨도 그전에 할머니의 승낙부터 받아야 한다는 것을 알고 있다. 그래서 할머니에게 점수를 따기 위해 열심히 노력하고 있지만, 아무래도 할머니는 이 상황을 오랫동안 우려먹을 생각인 것 같다.

솔직히 나는 빈센트 아저씨가 왜 그렇게 우리 가족이 되려고 열심인지 정말 이해가 안 된다. 만약 아저씨가 정 그러고 싶다면 얼마든지 아저씨에게 내 자리를 내어 줄 의향이 있는데……

가족 구성원 자리를 사고파는 거래에 변호사나 서류상 절차가 필요한지 아닌지는 잘 모르겠다. 하지만 빈센트 아저씨에게 내 자리를 파는 거래를 성사시킬 수만 있다면 나는 기꺼이 필요한 모든 조치를 해 줄 생각이다.

<u>수요일</u>

가족들과 함께 바닷가에서 일주일을 보내고 싶은 마음도 없고 기대되는 일도 없다. 다만 한 가지, 생각만으로도 나를 행복하게 하는 일이 있다. 그것은 바로 여행 기간 내내 외식을 할 거라는 점이다.

엄마 말에 의하면 루티넥 섬에는 식당이 아주 많고 다양하다고 한다. 나는 매일 밤 모든 식당을 돌면서 여러 가지 음식을 먹어 볼 계획이다.

우리 가족은 평상시에 거의 외식을 하는 법이 **없다**. 그리고 어쩌다 나가도 거의 매번 코니 같은 패밀리 레스토랑만 간다. 그래서 나는 이번 기회에 정원용 호스로 테이블을 씻어 내는 레스토랑이 아닌 좀 더 고급스러운 레스토랑에 가기를 손꼽아 기대하고 있다.

음식을 양동이에 담아 내오는 곳이 아니라 접시에 담아 서빙해 주는 곳에서 저녁을 먹게 되면 얼마나 좋을까?

하지만 우리 가족이 품격 있는 레스토랑에서 식사 예절을 잘 지키며 식사할 수 있을지 걱정이 되기는 한다. 지난번에 멋진 레스토랑에 갔다가 멋지지 않은 경험을 했기 때문이다.

우리는 엄마가 석사 학위를 받은 것을 축하하기 위해 저녁을 먹으러 갔다. 레스토랑에는 테이블마다 하얀 린넨 식탁보가 깔려 있었다. 하지만 우리는 우리도 모르게 패밀리 레스토랑에 너무나 익숙해져 있었던 모양이다. 코니에서는 종이 식탁보를 깔아 주어서 그 위에 크레용이나 유성 매직으로 마음대로 그림을 그릴 수 있다.

그래서일까? 우리가 미처 알아차리고 말릴 틈도 없이, 매니가 자기 쪽 식탁보에 그림을 잔뜩 그려 놓았던 이유가.

그 식탁보는 근사한 만큼 가격도 만만치 않게 비쌌다. 식당
측에서는 우리에게 식탁보를 물어내라고 했다. 엄마는 식탁보
값을 주었으니 그 식탁보가 우리 소유라고 생각했다. 그래서
집에 올 때 매니가 그림을 그린 식탁보를 챙겨 왔다. 요즘 우리
집에서는 특별한 날에 식사를 할 때마다, 그 식탁보를 꺼내
식탁에 깐다.

사촌들 중에는 우리 집에 올 때마다 꼭 식탁보에 낙서를 하는
녀석이 있다. 지난번에 그레첸 이모 가족이 왔을 때였다. 쌍둥이
중 한 녀석이 절대 지워지지 않는 유성 매직으로 우리 식탁보에
입에 담기 민망한 나쁜 말을 큼지막하게 적어 놓는 불상사를
저질렀다.

만약 우리 가족 모두가 교양 있고 예의범절을 갖추었다면
아마 식탁보 사건 같은 건 절대 일어나지 않았을 것이다.

내 친구 롤리네 가족은 일주일에 한 번 럭셔리 컨트리클럽의 고급 레스토랑에서 식사를 한다. 그래서 롤리네 가족은 고급 레스토랑에서 어떻게 행동해야 하는지 잘 알고 있다. 언젠가 롤리네 부모님인 제퍼슨 부부가 나를 고급 레스토랑에 데려간 적이 있었다. 하지만 나는 그런 곳에 걸맞는 식사 예절에 대해 전혀 몰랐다.

무엇보다 나는 모든 음식이 사진으로 나와 있는 메뉴판에 익숙했다. 주문하고 싶은 것이 있으면 손가락으로 가리키기만 하면 되는 그런 메뉴판 말이다.

하지만 고급 레스토랑의 메뉴판에는 사진이 없었다. 그리고 메뉴가 전부 **프랑스어**로 되어 있었다. 그래서 롤리가 주문을 할 때, 얼마나 웃겼는지 모른다.

레스토랑의 식기도 모두 다 은으로 만든 비싼 제품이었다.
그리고 요리 코스마다 각기 다른 포크를 사용해야 했다. 내
생각엔 조금 쓸데없는 짓 같긴 했다.

나는 우리가 식사를 할 때 포크를 쓰는 시대에 살고 있다는 게
얼마나 다행인지 모른다. 사람들이 밥을 먹을 때 **단검**을 썼던
것은 그리 오래전 일이 아니기 때문이다. 심지어 단검을 쓰지
않는 지금도 학교 급식실에만 가면 골치 아픈 일이 엄청나게
많다.

그리고 포크 없이는 도저히 먹을 수 없는 음식들이 있다. 뭐,
단검을 써서 스파게티를 먹으려는 사람들이 있다면 그저
행운을 빌어 줄 수밖에.

하지만 포크 사용법을 터득하지 말걸 그랬다는 생각이 들 때도 있다. 내가 아기였을 때, 어른들이 밥을 떠먹여 주는 게 참 좋았기 때문이다.

일단 혼자 먹는 법을 알게 되면, 그 뒤로는 모든 사람들이 **계속** 그렇게 스스로 알아서 먹을 거라 기대한다. 하지만 나는 밥을 먹을 때 두 손이 다른 일을 자유롭게 할 수 있는 날이 언젠가는 다시 돌아오길 바라고 있다.

컨트리클럽의 고급 레스토랑과 다른 식당과의 차이점은 메뉴판과 은으로 된 식기뿐만은 아니었다.

코니 같은 패밀리 레스토랑에서 일하는 웨이터들은
카우보이모자를 쓰고 구멍이 숭숭 난 멜빵바지를 입고 있었지만,
고급 레스토랑의 웨이터들은 멋진 턱시도를 입고 있었다. 누가
보면 어디 결혼식에라도 참석하는 줄 알았을 거다.

그리고 고급 레스토랑의 웨이터들은 각각 맡은 일이 정확하게
구별되어 있었다. 심지어 식탁보에 너저분하게 흩어져 있는
빵 부스러기를 칼처럼 생긴 도구로 치우는 일만 하는 사람도
있었다. 나는 되도록 빵 부스러기를 많이 흘리려 노력했다.
그래야 그 웨이터도 할 일이 생길 테니까.

하다하다 **화장실**에서 일하는 직원도 있었다. 그 직원이 하는
일은 손님들이 손을 씻고 나면 손님들에게 손에 묻은 물기를
닦을 작은 수건을 건네는 일이었다. 처음에는 '이건 뭐지?'
하며 의아했다. 레스토랑에서 일하는 직원일 거라고는 전혀
생각하지 못했기 때문이다.

나는 뜨내기가 들어와 세면대 옆에서 어슬렁거리고 있다고
생각했다. 그러니 내가 레스토랑 매니저에게 화장실에 수상한
사람이 있다고 신고를 했겠지.

그 다음엔 웨이터가 움푹한 그릇에 담긴 수프를 애피타이저로
가져다주었다. 수프에 어떤 재료가 들어갔는지는 모르겠지만
맛이 정말 기가 막혔다.

어디선가 읽은 기억이 났는데, 몇몇 나라에서는 수프를 먹을
때 호로록호로록하고 요란하게 소리내며 먹는 것이 대접하는
사람에게 감사를 표현하는 방법이라고 했다. 그런데 어쩐지
롤리네 가족이 다니는 고급 레스토랑에서는 그렇게 생각하지
않는 듯했다.

호로록호로록!

메인 코스를 주문할 차례였는데, 가격이 어찌나 **비싼지**
보면서도 믿어지지 않을 정도였다. 어차피 사 주기로 했으니,
먹은 셈치고 그냥 나한테 돈으로 주시면 안 되겠냐고 롤리네
부모님을 몇 번이고 설득해 보려고 했다. 그 돈이면 할 수 있는
일이 무궁무진할 테니까.

하지만 롤리네 부모님은 나에게 음식 가격에 대해서는 신경
쓰지 말고 메뉴에서 아무거나 가장 맛있어 보이는 것을
고르라고 했다.

나는 바닷가재와 스테이크 둘 중에서 결정을 내릴 수가
없었다. 그래서 나는 **둘 다** 시켰다.

한참을 기다려도 메인 코스는 나올 기미가 보이지 않았다. 메인 코스를 기다리는 동안 웨이터가 식전 빵이 들어 있던 바구니를 계속 채워 주었다. 그 바람에 메인 코스 두 가지가 나왔을 즈음에는 배가 너무 **불러서** 더는 먹을 수 없을 지경이었다.

루티넥 섬에도 고급 레스토랑이 있었으면 좋겠다. 엄격히 따지면 아직 고급스러운 레스토랑에서 제대로 된 식사를 못 해 본 것 같기 때문이다. 집으로 돌아갈 때, 롤리네 부모님이 다시 한번 럭셔리 컨트리클럽으로 초대해 줬으면 하는 마음이 들었다. 후식 메뉴에 둘이 먹다 하나가 **죽어도** 모를 정도로 맛있어 보이는 디저트가 있었기 때문이다.

토요일

루티넥 섬으로 떠나는 가족여행에서 엄마가 가장 기대하고
있는 것은 섬까지 배를 타고 이동하는 일이었다. 하지만 사실
나는 그게 가장 두려웠다.

범고래들이 출몰해 사람들이 타고 있는 배를 무작위로
공격한다는 이야기를 들은 적이 있기 때문이다. 내 생각에
여행을 그런 식으로 시작하는 건, 썩 바람직하지 않은 것 같다.

하지만 그보다 불안하고 무서운 것은 해적들이었다.
한때는 루티넥 섬이 해적들의 은신처로 악명 높은 곳이었다는
말을 엄마에게 들은 적이 있었다.

아빠는 해적이 바다를 누비며 노략질했던 것은 아주 오래전 일이라고 했다. 하지만, 혹시 모른다. 그 일을 그만둬야 한다는 연락을 받지 못해서 여전히 해적으로 살아가고 있는 몇몇 사람들이 있을지도. 스마트폰을 쓰고 1년 내내 소프트아이스크림을 먹을 수 있는 시대가 왔다는 것을 알게 되면, 그 사람들은 엄청 펄펄 뛸 것이다.

해적에 관한 영화를 보면 항상 어린아이들이 빠지지 않고 등장한다. 아이들은 갑판 닦는 일을 하거나 근처에 다른 배들이 있는지 살피기 위해 돛대 위 망대에 올라가는 일을 맡아 한다. 그러니 나 같은 아이는 아마 해적선에서는 아무짝에도 쓸모가 없을 거다.

나는 고소 공포증이 있기 때문에 망대에 올라가서 망을 볼 수가 없다. 또 출렁출렁 움직이는 배에서 갑판을 닦다가는 분명 뱃멀미를 할 것이다. 피리도 잘 불지 못한다. 그러니 출항 뒤 하루나 이틀만 지나면 해적들은 나를 갑판 너머 바다로 던져 버릴 거다.

아마 해적선에 있던 어린아이들은 스스로 해적이 되기로 작정을 하고 배에 오르지는 않았을 거다. 다시 말하면, 그 아이들은 납치가 되었다는 말이다. 나는 아주 어렸을 때부터 나에게도 그런 일이 일어날지 모른다는 두려움이 있었다.

여섯 살이 되던 생일날, 엄마가 깜짝 생일 선물로 유람선 관광을 예약해 주었다.

하지만 나는 부두에 있던 배를 보자마자 기겁했다.

그래서 엄마는 해적 콘셉트가 아닌 다른 배 표를 구했다.
나는 이제 안전할 거라며 안심했다. 하지만 해적 파티선이 부두
근처에서 우리가 탄 배를 따라잡았고 그 바람에 나는 생일날
푹 젖은 옷을 하루 종일 입고 다녀야만 했다.

고래나 해적 말고도 걱정되는 일은 또 있었다. 학교에서 지난 학기에 그리스 로마 신화에 대해 배웠다. 신화 속 이야기를 보면 한 가지는 분명하다. 모든 신들은 인간들의 영역이 아닌 곳에 인간이 함부로 발을 들여놓는 것을 싫어한다.

그래서 오늘 루티넥 섬으로 가는 배에 오르기 전, 나는 잠시 신에게 허락을 구하며 경배를 드리는 시간을 가졌다.

항해의 시작은 아주 순조로웠다. 하지만 중간쯤 이르렀을 때 바람이 강해지더니 파도가 거칠게 요동쳤다. 나는 이러다 배가 뒤집히는 것은 아닐까 싶어 초조해졌다.

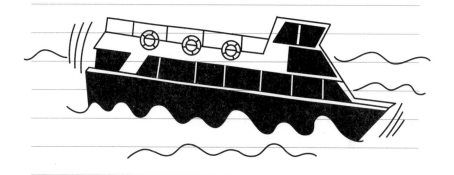

배가 얼마나 심하게 출렁이던지 배에 타고 있던 승객들 중 반이 뱃멀미를 시작했다. 많은 사람들이 갑판에 기대어 바다에 토를 하기 시작했다. 보고 있던 나도 똑같이 토할 것 같았다.

나는 갑판에 있던 사람들을 피해 선실 안으로 들어갔다.
하지만 들어가 보니 안은 아픈 사람들로 가득한 병동 같았다.
사람들을 피해 혼자 조용히 있을 곳이 없었다.

고작 세 시간짜리 항해였는데, 세 시간이 마치 3일처럼 길게
느껴졌다. 마침내 해변에 무사히 도착했을 때, 땅에 발을
디디게 된 것을 나보다 더 반가워한 사람도 없었을 거다.

환 영
루티넥 섬으로
어서 오세요.

~쪽쪽쪽

우리는 택시를 타고 시내로 들어갔다. 하지만 그게 실수였다.
수많은 사람들이 차도에서 무리 지어 걸어 다니는 바람에 택시는
조금도 움직일 수 없었다. 남들에게 민폐를 끼치는 사람들은 왜
저렇게 나 몰라라 하는지 모르겠다.

엄마는 시간이 얼마나 더 걸릴지 모르겠다며 불안해하기
시작했다. 이미 해가 져서 날은 점점 어두워지고 있었다.
엄마는 비치 하우스의 열쇠를 유일하게 가지고 있는
사람이었다. 그리고 이모들보다 우리가 먼저 비치 하우스에
도착하길 바랐다.

꽉 막힌 도로에서 오도 가도 못하고 30분이나 갇혀 있던 엄마의
인내심이 드디어 바닥났다.

우리는 택시 트렁크에서 짐을 꺼내 비치 하우스까지 2.4 킬로미터나 되는 길을 걸어갔다. 그 많은 짐을 들고, 그 먼 거리를 걸어가는 일은 결코 쉽지 않았다.

설상가상 엄마는 비치 하우스로 가는 길을 잘 모르는 것 같았다. 엄마가 가족들과 마지막으로 이 섬으로 놀러 왔을 때보다 섬이 엄청나게 발전을 해서 길이 많이 변한 모양이었다. 이리저리 헤매던 엄마는 한참 뒤에야 예전에 가족들과 머물렀던 비치 하우스를 발견했다.

엄마는 문을 열기 위해 열쇠를 꺼냈다. 그런데 문이 살짝 열려 있어서 안을 살펴보니, 그레첸 이모와 이모네 쌍둥이가 보였다. 이모네는 이미 안으로 들어가 짐을 풀고 제집마냥 편하게 있었다. 그 모습을 보고 우리가 얼마나 놀랐는지.

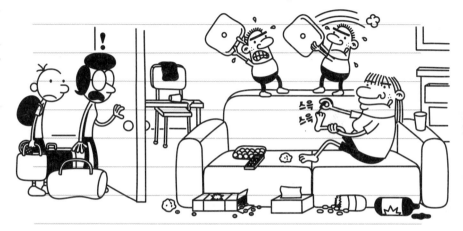

그레첸 이모는 30분 전에 비치 하우스에 도착했는데, 문이 잠겨 있었다고 했다. 그래서 고민 끝에 화장실 창문을 통해 안으로 들어왔던 것이다. 이모네는 가장 큰 방을 차지하고 짐을 풀었다. 우리 가족이 사용하려고 엄마가 미리 점찍어 둔 바로 그 방이었다.

아마도 엄마는 이번 여행을 싸움으로 시작하고 싶지는 않았던 것 같다. 그래서 순순히 그레첸 이모 가족에게 가장 큰 방을 양보했다. 하지만 그다음으로 큰 침실도 이미 베로니카 이모와 이모가 키우는 강아지 대즐이 떡하니 차지해 버린 뒤였다. 둘 다 긴긴 여행에 지쳤는지 곤히 낮잠을 자고 있었다.

드르렁드르렁!

드르렁드르렁!

사실 베로니카 이모가 여기까지 온 건 정말 의외였다. 이모는 강아지와 함께 도시에서 살고 있는데, 살고 있는 아파트에서 나오는 법이 거의 없다. 이모가 키우는 강아지 대즐이 너무 유명해져서 더 이상 사람들이 많이 모인 곳에 나다닐 수 없기 때문이다.

대즐이 유명해지게 된 계기는 알고 보면 어이가 없다. 원래 베로니카 이모는 투자 방법에 대한 강의를 동영상으로 찍어 자신의 동영상 채널에 올리고 있었다. 그런데 베로니카 이모가 라이브 방송을 할 때마다 대즐이 이따금씩 이모 뒤로 어슬렁어슬렁 돌아다녔던 모양이다.

그러다 이모의 구독자들이 대즐을 눈여겨보기 시작했고,
나중에는 다들 대즐만 보고 싶어 했다.

베로니카와 함께하는 재정 계획

실시간 댓글 [jmarquis89star] 저기 또 대즐이 나타났다!
[hiphobknob98] 무슨 종이에요?
[moneymattrz] 아프리콧 퍼그 종 같아요.
[home^mkr] 우아, 저도 키우고 싶어요!

베로니카 이모는 절호의 기회가 왔다고 느꼈다. 이모는 투자
강의 동영상을 완전히 포기하고 대즐을 촬영한 동영상만
만들어 올렸다. 그러자 1년도 채 되지 않아 채널의 구독자가
370만 명이 되었다. 인기에 힘입어 대즐과 관련된 굿즈도
다양하게 만들자 사람들이 온라인에서 구매하기 시작했다.

나중에 알고 보니 구독자가 수백만 명이 되면, 동영상을 찍을 때 쓸 수 있도록 여러 회사에서 제품을 보내 준다. 베로니카 이모는 각종 협찬 제품을 무료로 계속 받다가, 어느 정도 시간이 지나자 쏟아지는 양을 도저히 감당할 수 없었던 모양이다. 결국 이모는 더 큰 아파트로 이사를 가야 했다.

인플루언서가 되면 물건만 많이 받는 게 아니라 스트레스도 엄청 많이 받는다. 베로니카 이모는 하루 종일 카메라로 대즐을 찍어야만 한다. 동영상을 실시간으로 찍지 않으면 그 시간만큼 돈을 날리는 것 같은 느낌이 든다고 한다.

결국 베로니카 이모는 혼자 모든 일을 감당할 수 없는 단계에 이르렀다는 걸 깨닫고 여러 분야의 사람들을 고용해 팀을 꾸렸다. 곧 대즐에게는 전담 미용사, 사진작가, 영상 촬영 기사를 비롯해 심지어 코가 마르지 않게 촉촉하게 적셔 주는 일만 하는 담당자까지 생기게 되었다.

하지만 인플루언서가 되면 유명세를 톡톡히 치러야 한다. 사람들은 잠깐이라도 대즐의 실물을 영접하고 싶어서 시도 때도 없이 베로니카 이모의 아파트까지 찾아오기 시작했다.

우리가 알다시피 유명인들을 몰래 쫓아다니며 사진 찍어 돈을 버는 사람들이 있다. 베로니카 이모는 어중이떠중이들이 엉망으로 찍은 대즐의 사진을 허접한 잡지에 팔지도 모른다고 걱정했다.

하지만 주위를 살피며 조심하는 것도 하루 이틀이지, 최근 들어 형편없는 사진이라도 어떻게든 찍어 보려는 사람들이 별의별 희한한 방법을 다 동원하곤 했다.

그래서 얼마 전 베로니카 이모는 **또다시** 이사를 해야만 했다. 이모는 살던 곳의 정반대 편에 있는 보안이 더 철저한 아파트로 옮겼다. 하지만 새로 이사 간 곳은 대즐의 전담 직원들이 출퇴근하기에는 너무 멀었다. 결국 직원들이 하나둘씩 그만두기 시작했다.

그즈음 대즐의 전담 미용사는 아주 유명해져서 가게를 따로 열 수 있을 정도가 되었다. 하지만 사람들이 쑤군대는 소리를 들어 보니, 그냥 하던 대로 강아지 미용만 했으면 좋았을걸 싶다.

엄마는 베로니카 이모가 기르던 강아지를 괜히 인플루언서로 만든 것 같다며 무척 후회하고 있다고 했다. 유명세 때문에 이모와 강아지의 삶이 고달프기 짝이 없어졌기 때문이다. 아마 그런 이유로 이모도 멀리 떠나 사람들의 관심에서 잠시라도 벗어나고 싶은 마음이었을 거다.

하지만 베로니카 이모는 사람들의 관심에서 쉽게 벗어날 수 없다는 것을 미리 예상했다. 그래서 여행 전, 열성 팬들의 추적을 따돌리기 위해 대즐이 파리에 놀러 가 에펠탑 앞에 있는 듯한 가짜 사진을 만들어 소셜 미디어에 올렸다. 하지만 이모도 참 칠칠치 못하지, 사진을 보정하면서 발이 다섯 개 달린 강아지를 만들어 버린 것이다.

그 바람에 누리꾼들은 저마다 대즐의 행방에 대해 이런저런 추측을 쏟아 냈다. 그 어느 때보다 대즐이 있는 곳에 대한 관심만 높아지는 결과를 초래한 것이다.

[fitR4ven] 발이 다섯 개라니!
[g1bbonz] 저도 봤어요! ◠◠
[snOOkky] 대체 무엇을 숨기려는 거죠?
[susskinz] 혹시 임신?

개인적으로 나는 이 소셜 미디어 인플루언서라는 일이 참으로 이해가 가지 않는다. 부엌용 가전제품을 사서 언박싱* 하는 동영상을 올리는 남자도 있다. 그 남자는 구독자 수가 많아져서 다니던 직장도 때려칠 수 있었다고 한다.

가전제품 언박싱의 달인!

다깜다 전기 믹서

♡ 230만   ♀ 2.3만

옛날에는 사람들이 자녀를 되도록 많이 낳아 농사일을 시켰다. 하지만 내가 나중에 자녀를 낳게 되면, 아이들을 반드시 소셜 미디어 인플루언서로 키울 생각이다. 아이들이 태어나는 그 순간부터 얼굴에 카메라를 달고 살게 만들 것이다.

*언박싱 : 구매한 상품을 뜯어 사용해 보며 설명하는 일

51

나는 스스로 인플루언서가 되려고 노력해 볼 기회조차 없었다.
지금도 스마트폰이 없기 때문이다. 아직 초등학교도 졸업하지
않은 두 사촌 녀석들조차 스마트폰을 가지고 있는데, 정말
창피하기 짝이 없다.

엄마는 그레첸 이모네 쌍둥이는 스마트폰을 쓰기에 너무
어리다면서 벌써부터 전자 기기를 너무 많이 사용한다며
걱정한다. 한편 그레첸 이모는 우리 엄마가 아이들을 지나치게
과잉보호하고 있다고 생각한다. 엄마와 이모가 이 문제를 두고
말다툼을 시작하면 아무도 그 두 사람을 말릴 수가 없다.

그레첸 이모는 우리 엄마더러 이른바 소위 '헬리콥터
엄마'라고 비난한다. 항상 아이들의 머리 위에서 아이들을
일일이 통제한다는 것이다. 설령 그레첸 이모의 말이 맞다고
하더라도, 나는 가까이에서 늘 나를 안전하게 지켜 주는
'헬리콥터 엄마'가 좋다.

사실 엄마가 나를 구해 준 적이 수없이 많다. 엄마가
없었더라면 나는 아마 친구에게 심하게 얻어맞았을지 모른다.

어쩌면 나는 엄마가 하나하나 챙겨 주는 것에 익숙해져서
홀로 서지 못하고 너무 의존적인 사람이 되었는지도 모른다.
아직도 난 어른들의 도움 없이 혼자서 건널목을 건너기가
가끔씩은 겁이 난다.

우리 엄마는 아이들을 과잉보호하는 경향이 있지만, 반면
그레첸 이모는 쌍둥이 말콤과 말빈을 너무 오냐오냐 키우는 것
같다. 이모는 녀석들이 무슨 짓을 해도 말리지 않고 내버려둔다.
두 녀석에게는 아직 부모의 통제가 필요한 것 같은데!

과잉보호 이야기가 나와서 하는 말인데, 베로니카 이모야말로 대즐을 진짜 자식이라도 되는 양 애지중지한다. 사실 대즐은 자기가 사람이라고 생각하는 것 같다. 베로니카 이모도 마찬가지이다. 이모는 대즐이 들을까 봐 우리들이 무심코 사용하는 몇몇 단어에 상당히 민감하게 반응한다.

지난번 여행은 진짜 개 피곤했어.

어머나!

베로니카 이모는 만약 대즐이 자신이 사람이 아니라 동물이라는 것을 알아차리게 되면 그 충격을 감당하지 못할 거라고 생각하는 것 같다. 그래서 이모가 비치 하우스에 도착하자마자 가장 먼저 한 일은 혹여 대즐의 모습이 비칠지도 모르는 거울과 반질반질한 표면을 다 가리는 일이었다. 그 바람에 우리 모두 토스터를 사용할 때 얼마나 불편했는지 모른다.

하지만 나는 대즐이 스스로를 사람이라고 착각하게 만드는 것이 잘하는 일이라고 생각하지 않는다. 언젠가는 대즐도 다 알게 될 테니까. 모르긴 몰라도, 늘 자신이 유인원이라 생각했던 타잔도 스스로가 인간임을 깨닫고 나서 얼마나 혼란스러워했겠는가. 특히나 한창 예민한 10대 때 말이다.

베로니카 이모도 조금 별스럽기는 하지만 오드리 이모 앞에서는 명함도 내밀지 못한다. 오드리 이모는 우리 가족 보다도 30분 늦게 비치 하우스에 도착했다. 이모는 도착하자마자, 늘 그랬듯이 유별나게 굴었다.

이 양초가 이 방에 있는 나쁜 기운을 다 태워 버릴 거야.

엄마는 오드리 이모와는 잘 지내는 편이다. 하지만 조금 전에 도착한 케이키 이모와는 그렇지 못하다. 엄마와 케이키 이모가 오랜만에 만나 반가운 척 인사를 할 때도 나는 늘 두 사람이 서로 못 잡아먹어 안달 나 있다는 것을 금방 알 수 있었다.

엄마와 케이키 이모의 사이가 이렇게까지 틀어진 데는 분명 둘 사이에 내가 모르는 다른 사연이 있는 게 분명하다. 하지만 내가 엄마에게 이모와 무슨 일이 있었냐고 물어보면, 그때마다 엄마는 말을 돌린다.

케이키 이모가 엄마보다 더 고약하게 구는 유일한 사람은 바로
우리 **아빠**다. 예전에 우리 아빠가 분명 케이키 이모의 화를
돋울 만한 잘못을 한 게 틀림없다.

아빠는 엄마와 케이키 이모가 같이 있는 자리에 끼고 싶어
하지 않는 것이 분명하다. 이번 여행에 대해 알게 된 아빠는
회사 일이 많이 바쁠 것 같다는 핑계를 대면서 어떻게 해서든
빠지려고 애를 썼다.

하지만 엄마는 할머니가 가족 모두 함께 가기를 원했고, 또한
가족사진을 찍을 때 아빠도 반드시 있어야 한다면서 아빠를
강력하게 밀어붙였다.

만약 내가 결혼을 하게 된다면, 반드시 외동딸한테 장가를 갈 거다. 결혼이란 그저 한 사람과 맺어지는 것이 아니라 그 집안 전체와 인연을 맺는 일이기 때문이다.

케이키 이모는 마지막으로 남아 있던 킹 사이즈 침대가 있는 방을 고집했고, 오드리 이모는 그보다 조금 작은 퀸 사이즈 침대 방을 차지했다. 다시 말해 우리 부모님은 이층 침대가 있는 방에서 자야 했다는 말이다. 두 분 다 영 못마땅해하는 눈치였다.

우리 부모님은 그나마 **누워서** 잘 침대라도 있어 다행이라 생각해야 했다. 다른 사람들은 각자 알아서 잠자리를 찾아야만 했으니까. 빈센트 아저씨는 창고에 있던 작은 접이식 간이침대를 찾아내 부엌과 화장실 사이 복도에 자리를 잡았다.

매니는 거실에 있던 화장대 서랍 안에 담요를 깔아 포근한
잠자리를 만들었다. 로드릭 형은 식료품 창고에 있던 이동식
아기 침대를 찾아내서는 거실로 가져왔다. 나는 형이 좁은 아기
침대에서 잠을 잘 수 있을까 싶었지만 웬걸, 형은 눕자마자
곯아떨어졌다.

그러다 보니 남은 것은 소파뿐이었다. 사실 처음에는 이게
웬 떡이냐 싶었다. 하지만 소파에서는 땀내, 선크림 냄새,
발냄새를 비롯해 온갖 악취가 났다. 문득, 수년에 걸쳐
사람들이 뀌어 댄 방귀 냄새가 소파에 얼마나 많이 배어
있을까 하는 생각을 했다.

그래서 나는 바닥에 담요를 깔고 소파에 있던 장식용 쿠션을
베개로 사용했다. 그런데 빈센트 아저씨가 도통 잠이 오지
않았는지 거실로 나와 텔레비전을 켰다. 그러고는 리얼리티
프로그램을 보는 게 아닌가. 그것도 볼륨을 최고로 높여서.

한참 뒤에 드디어 빈센트 아저씨가 간이침대로 돌아갔다.
내가 일어나서 텔레비전을 끄고 막 잠을 청하려던 순간,
이곳에 말콤과 말빈이 있다는 것을 까맣게 잊고 있었다는 걸
깨달았다. 두 녀석이 야식을 먹으려고 방에서 나왔다.

두 녀석은 전혀 개의치 않고 부엌 불을 켰다. 그 바람에
거실에서 자고 있던 모든 사람들이 잠에서 깼다.

이번 여행은 시작부터 험난하기 짝이 없었다. 만약 이번 여행이
텔레비전 속 리얼리티 프로그램이었다면, 나는 주저 없이
나에게 표를 던져 나를 이 섬에서 가장 먼저 탈락시켰을
거다.

<u>일요일</u>

아침 일찍 엄마가 가족들을 전부 깨웠다. 다들 밤새 잘
잤는지는 모르겠지만, 어쨌든 나는 딱딱한 벽돌을 베고 자다
일어난 기분이었다.

하긴, 벽돌과 **별다르지 않았다.** 쌍둥이 녀석 중 한 녀석이
한밤중에 내가 베고 자던 쿠션을 **커다란 책**과 바꿔치기했기
때문이다. 딱딱한 하드커버가 아니었다면 그렇게 불편하지는
않았을 거다. 쌍둥이는 세상 모른 채 잠들어 있었다.

나는 다른 사람들이 밖으로 나가 각자 볼일을 보는 동안
숙소에 남아 서너 시간 더 잘 생각이었다. 하지만 엄마는
이번 여행에서 가장 중요한 것은 무엇을 하든지 **다 함께**
움직이는 거라는 청천벽력 같은 말을 했다. 그러면서 오늘은
다 같이 해변으로 나가 하루를 보낼 것이니 어서들 준비하라고
했다.

앞서 말했지만, 나는 해변을 좋아하는 활발하고 외향적인
사람이 아니다. 그런데 한편으로는 모래사장의 파라솔 아래
누워 낮잠을 잘 수도 있을 것 같았다. 가족들은 후다닥 아침을
먹고는 짐을 챙겨서 해변으로 향했다.

숙소 이름이 '비치 하우스'라고 했을 때, 나는 당연히 해변에
있는 숙소일 거라고 미루어 짐작했다. 하지만 우리는 그야말로
산더미처럼 많은 짐을 낑낑 끌면서 해변까지 한참을 걸어가야
했다. 얼마나 힘들었는지.

엄마는 나에게 아이스박스를 맡겼다. 샌드위치와 생수병같은
먹을거리가 가득 차 있는 아이스박스는 무척 무거웠다. 하지만
다행히도 바퀴가 달려 있어서 포장된 도로 위를 끌고 갈 때는
그다지 힘들지 않았다.

하지만 해변에 도착한 다음부터는 바퀴가 전혀 도움이 되지 않았다. 바퀴가 모래에 푹푹 빠졌기 때문이다.

설상가상 우리는 바리케이드용 노란색 테이프를 넓게 둘러서 막아 놓은 곳을 빙 둘러 돌아가야만 했다. 그곳은 물떼새들의 서식지였다. 오드리 이모의 설명에 의하면, 물떼새들은 멸종 위기 동물이라고 한다. 물떼새는 고작 2, 3천 마리밖에 남지 않았으며, 이 해변이 몇 안 되는 유일한 물떼새 보호 구역 중 하나라고 했다.

물떼새 보호 구역이 너무 넓은 바람에, 해변에는 사람들이 앉아 즐길 만한 자리가 많이 남지 않았었다. 그 덕분에 우리는 한참을 헤매다 간신히 짐을 내려놓을 만한 넉넉한 곳을 찾아냈다.

엄마는 선크림을 꼭 발라야 한다고 당부했다. 나는 이미 숙소에서 나오기 전에 미리미리 다 챙겨 바른 상태였다. 나는 피부 관리에 대해서만큼은 절대 가볍게 생각하지 않는다.

햇빛을 많이 쬐면 쬘수록 나중에 훨씬 더 나이 들어 보인다. 나중에 실제 나이보다 훨씬 젊어 보이는 할아버지가 되는 게 내 꿈이다.

선크림을 덕지덕지 발랐어도, 나는 되도록 그늘 아래에 있으려 한다. 물론 그늘진 곳을 찾기가 항상 쉽지만은 않다. 이런 대식구에 비치파라솔이 딱 하나밖에 없을 때는 더더욱 그렇다.

옛날에는 사람들이 양산이라고 하는 작은 우산을 가지고 다니곤 했다. 다시 말하면 그늘을 알아서 **챙겨 다녔던** 거다. 그래서인지 이따금씩 내가 시대를 잘못 타고 태어난 것은 아닌가 하는 생각이 든다. 그 시절 그려진 그림을 보면 당시 사람들은 올바른 **생활 방식**을 잘 알고 있었던 것 같다.

옛날 사람들의 생각이 옳았다는 건 요즘 사람들이 입는 수영복만 봐도 알 수 있다. 옛날 사람들은 몸을 많이 가리는 수영복을 입었다. 반면 요즘은 해변에는 보기에도 민망할 정도로 노출이 심한 사람들이 많다.

몸매에 자신 있는 사람일수록, 옷을 덜 입는 경향이 있다. 내가 그런 사람이었다면 나도 저 사람들처럼 똑같이 행동했겠지.

일단 해변에 짐을 내려놓고 자리를 잡자, 엄마는 가족들을
다 데리고 바다로 수영하러 가려고 했다. 하지만 나는 이곳에
오기 전부터, 이미 이번 여행에서는 절대 수영은 하지 않겠다고
단단히 마음먹은 뒤였다. 그 이유를 대라고 한다면 **끝없이** 댈
수 있다.

무엇보다도 먼저, 나는 바닷속을 제대로 들여다볼 수가 없다.
그 말은 물속에 무엇이 있는지 전혀 알 수 없다는 말이다.

비록 엄마가 지난 100년 동안 루티넉 섬에서 상어가 사람들을
공격한 일은 단 한 번도 없었다고 했지만, 내가 굳이 그 역사를
깰 첫 희생자를 자처할 필요는 없었다.

엄마는 사람들이 상어에 대해 오해하고 있다고 했다. 상어는 사실 인간에게 위협이 되지 않는다는 것이다. 하지만 상어의 입속에 가득한 수많은 이빨들을 딱 한 번이라도 보고 말했으면 좋겠다. 그 이빨들의 목적이 무엇이겠는가? 그건 바로 뭐든 **물어뜯기** 위함이다!

그나마 상어의 딱 하나 **좋은 점**은 지느러미가 등에 달려 있어 물 위로 솟는 거다. 적어도 상어들이 다가오고 있다는 것을 미리 알 수 있으니까 말이다. 흠, 적어도 **대부분의** 경우에는 그럴 거다.

꺅! 사람 살려~!

그러다 만약 어느 날, 한 마리의 상어가 **지느러미 없이** 태어났다고 치자. 우리 인간들에게는 끔찍한 소식이 아닐 수 없다. 나는 그저 어느 날 갑자기 상어가 지느러미 없는 종으로 돌변하지 않기만을 간절히 바랄 뿐이다.

과학 수업 시간에 진화에 대해 배웠다. 그래서 나는 동물들이 어떻게 돌연변이를 일으키며 생태계에 적응하는지 알고 있다.

개미핥기는 예전에는 모두 코가 짧았다고 한다. 그러다 몇몇 녀석이 **긴 코**를 가지고 태어나게 되었다. 그런데 코가 긴 녀석들만 깊숙이 숨어 있는 개미에게 접근하기가 더 쉬웠다. 다시 말하면 코가 긴 덕분에 개미를 더 많이 잡아먹을 수 있었다는 거다. 그래서 그 뒤로는 짧은 코 개미핥기는 점점 도태되었던 것이다.

인간에게도 이와 비슷한 일이 일어나지 말란 법은 없다. 어느 날 문득 어떤 인간은 이 세상 그 **누구보다** 살기 편리하도록 아주 특이한 유전적 변이를 일으킨 상태로 태어날 수도 있다는 말이다.

하지만 어떤 생물 종이든 극히 사소한 변이도 수백만 년 정도에
걸쳐서 일어난다. 그러니 내가 살아 있는 동안에는 그런
변화를 직접 볼 수는 없을 거다. 그래서 나는 빨리 돌연변이가
되려고 나를 최대한 높은 전자파에 자주 노출시켰다.

우리 학교에 앨버트 샌디라는 아이가 있다. 앨버트에 따르면,
언젠가 인간도 아가미가 달린 종으로 진화해 물속에서도 숨을
쉴 수 있게 될 거란다. 듣기만 해도 근사할 것 같았다. 하지만
그런 진화가 맨 먼저 나에게 일어나지 않기를 간절히 바란다.
그렇게 되면 아이들이 또 득달같이 달려들어 나를 놀리고
괴롭힐 테니까.

만약 인간이 언젠가는 물속에서 살아야 하는 날이 오게 되면,
나는 해녀들처럼 하루 종일 고무 잠수복을 입어야 할 거다.
욕조에 20분만 있어도 피부가 쭈글쭈글해지기 때문이다.
그런데 만약 바다에서 일주일을 살고 나온다면? 내 피부는
어떤 상태가 될지 생각도 하기 싫다.

하긴, 물속에서 사는 것이 그리 끔찍하지 않을지도 모른다. 예를
들자면 주스를 쏟는 사소한 실수를 해도 화낼 사람이 없을
테니까 말이다.

정말로 바다가 미래에 우리 삶의 터전이 된다면, 우리는 지금부터라도 바다를 깨끗이 가꾸고 잘 보호해야 한다. 요즘 바다의 상태를 보면 상어들이 왜 사람들을 물려고 달려드는지 알 것도 같다.

내가 바다 수영을 꺼리는 이유가 또 있다. 그레첸 이모는 쌍둥이에게 바다에다 그냥 쉬를 하라고 **부추긴다**. 나는 그저 녀석들이 바다에 싸는 것이 오줌뿐이기를 간절히 바랄 뿐이다.

설령 내가 오늘 바다에서 수영하고 싶은 **마음이 있었다고** 해도, 나는 아마 수영하는 내내 불안했을 것이다. 인명 구조원들이 전부 10대였기 때문이다. 아직 투표권도 없는 미성년자들에게 내 목숨을 맡기고 싶은 생각은 추호도 없었다.

우리 아빠도 10대였을 때, 인명 구조원으로 일했다고 한다. 그래서인지 아빠는 로드릭 형에게 인명 구조 자격증을 따라고 구슬린다. 로드릭 형이 사람들의 생명과 안전을 책임지는 사람이 된다니, 나로서는 상상하기조차 힘든 일이다.

내가 바다 수영을 하지 않게 된 마지막 이유는 인명 구조원들이
수영하는 사람들을 주의 깊게 살펴보지 않으면 불안해지기
때문이다.

그래서 나는 해변에 갈 때마다 인명 구조원들을 직접
찾아가서 나를 소개하곤 한다. 구조원들에게 내 이름과
인상착의를 각인시키기 위해서다. 그렇게 해 두어야 혹시 내가
물에 빠져 허우적거리게 되어도 구조될 확률이 높아질 것
같아서다.

심지어 인명 구조원들에게 하루에 몇 번이고 간식을
가져다주기도 했다. 아무래도 **자기를** 챙겨 주는 사람을 더
잘 챙겨 주게 될테니.

같은 이유로 나는 소아과 의사 선생님에게 해마다 잊지 않고
크리스마스카드를 꼭 보낸다.

실제로 가만 보니, 루티넥 섬에서 일하는 인명 구조원들은
다들 스마트폰만 들여다보느라 자기 일에 집중하지 못하고
있었다. 그러다가는 거친 파도가 해변으로 밀려와도 전혀
알아차리지 못할 것 같았다.

상황이 이렇다 보니, 나는 파라솔 아래에 누워서 느긋하게
하루를 보낼 수 있어 다행이라고 생각하던 참이었다. 그런데
몇몇 아저씨들이 금속 탐지기를 들고 해변을 돌아다니고
있었다. 조용히 해변에 누워 쉬는 것도 여의찮았다.

문득 내가 누워 있는 자리 밑에 해적들이 묻어 놓은 보물이
있을지도 모른다는 생각이 들었다. 만약 그렇다면 돗자리에서
편히 쉴 때가 아니라 당장 **땅을 파야** 하는 게 아닌가 싶은
생각이 들기도 했다.

난 금화가 가득 든 보물 상자를 찾게 되면 어떨까 하며
이런저런 상상을 시작했다. 보물 상자를 찾게 되어도 일단
모든 사람들에게 비밀로 하고 싶다. 그러지 않으면 친구건
가족들이건 끊임없이 돈을 빌려 달라며 못살게 굴 테고,
그렇게 되면 한동안 난 몹시 피곤해질 테지.

하지만 아무리 감춘다고 해도 결국 사람들이 다 알게
될 것이다. 물건을 살 때 금화를 내면 사람들이 뒤에서
쑤근거리기 시작할 테니까.

솔직히 나는 금화 한 닢의 가치가 어느 정도인지 잘 모른다.
하지만 그 가치는 분명 **엄청날** 거다. 금은 아주 귀한
금속이니까.

옛날 사람들은 물건을 거래할 때 그 값을 금이나 은으로
지불하곤 했다. 그러다 어떤 천재가 나타나 종이에 인쇄를 해
지폐를 만들어 사용해 낸 거다. 그리고 어떤 방법을 썼는지는
몰라도 **다른 사람들까지** 다 동참하게 만든 것이다.

조만간 누군가가 **새로운** 형태의 화폐를 만들어 낼 것이다.
그러면 지금 우리가 사용하는 시스템은 전부 다른 시스템으로
바뀌게 될 거고, 나는 그 '누군가'가 바로 **나였으면** 하고
간절히 바라고 있다.

지난 크리스마스 때 나는 내가 생각해 낸 새로운 화폐 시스템을 실생활에 적용하는 실험을 했다. 나는 오이씨가 정말 귀한 거라고 롤리를 설득한 다음, 오이씨 한 주먹을 롤리가 새로 산 비디오 게임기와 교환했다.

안타깝게도 롤리의 아빠인 제퍼슨 아저씨가 우리의 거래에 대해 알게 되었고, 아저씨는 롤리의 게임기를 **돌려받기** 위해 우리 집까지 직접 찾아왔다. 하지만 게임기를 가져가 놓고 오이씨는 돌려주지 않았다. 올해는 롤리네 집 정원에서 오이가 자라는 모습이 내 눈에 띄지 않아야 할 거다. 만에 하나 내 눈에 오이가 보이면 그 문제를 대화로 해결하기 어려울 것이다.

이런저런 생각을 하다 보니 땅속에 묻혀 있는 보물을 애써 찾는 수고는 하지 않기로 했다.

괜히 땅을 파 보았다가 보물 상자는커녕 해골을 발견할 가능성도 있을 것 같았다. 그렇게 되면 아마도 작성해서 제출해야 할 서류가 엄청나게 많고 복잡해 머리가 돌아 버릴지도 모르니까.

그나저나 오늘 아빠를 생각하면 미안한 마음이 든다. 유독 우리 아빠만 1분 1초도 제대로 못 쉬었다. 다른 가족들이 깜빡하고 두고 온 물건을 다시 챙겨 오느라 아빠가 오후 내내 비치 하우스 주변과 해변을 몇 번이나 빵빵 돌았는지.

케이키 이모 때문에 아빠가 세 번이나 비치 하우스에 갔다 온 것을 보니, 이모는 그저 재미 삼아 아빠를 골탕 먹이고 있는 게 분명했다.

그러다 겨우 숨 좀 돌리게 된 아빠는 아이스박스에서 참치 샌드위치를 꺼내 요기하려고 자리를 잡고 앉았다. 하지만 그 순간 갈매기 녀석 하나가 다이빙 하듯 날아와 아빠 손에 들려 있던 샌드위치를 휙 낚아채 갔다.

나도 전에 한번 갈매기에게 당했던 적이 있어서 오늘은 절대 갈매기에게 먹을 것을 빼앗기지 않을 작정이었다.

나는 샌드위치를 들고 공중화장실로 들어갔다. 하지만 갈매기를 따돌리고 제대로 된 식사를 한 생애 최고의 경험이었다고는 할 수 없을 것 같다.

샌드위치를 먹다 보니 무척 목이 말랐다. 난 아이스박스에서 생수 한 병을 꺼내 먹기로 했다. 그런데, 우리 옆자리에 돗자리를 깔고 앉아 있던 모르는 가족이 우리 음료수를 함부로 꺼내 먹고 있는 것이 아닌가!

우리는 왜 남의 음료수를 멋대로 꺼내 먹느냐고 따져 물었다. 그랬더니 아이스박스가 **자기네 것**인 줄 알았다며 뻔뻔하게 둘러대는 거다. 정말 말도 안 되는 핑계였다. 왜냐하면 아이스박스 옆면에 우리 이름이 쓰여 있었기 때문이다.

헤플리

상황이 난처해지자 그들은 부랴부랴 짐을 챙겨서 자리를 떴다. 나는 또 다른 가족이 우리 음료수에 손을 댈까 봐 유성 매직으로 아이스박스 뚜껑에 이렇게 써 놓았다. 이러면 **아무도** 이 박스를 열어 볼 엄두가 나지 않을 테니까.

어느새 시간은 한낮에 접어들어 이글이글 태양이 타오르고 있었다. 예의 없는 사람들 때문에 가족들이 마실 물이 모자라게 되자, 엄마는 아빠에게 비치 하우스에 가서 생수병을 더 갖다 달라고 부탁했다.

아빠가 물을 가져다준다니, 듣던 중 반가운 말이었다. 수분 섭취는 정말 중요하기 때문이다.

과학 선생님 말에 따르면, 인간의 몸은 60퍼센트가 물로 구성되어 있다고 한다. 아무리 생각해도 너무 높은 수치 같기는 하다. 만약 사람 몸의 60퍼센트가 수분이라는 말이 사실이라면, 다들 섬뜩할 정도로 기이한 모습이지 않을까?

철떡철떡
줄줄

하지만 선생님의 말이 맞는지도 모른다. 나이가 들면 다들 쭈글쭈글해지는 것으로 봐서 몸속 수분이 서서히 새어 나가고 있는 게 분명하다.

사실 나는 콜턴 할아버지에게 수분을 충분히 공급해 드리는 일을 나의 중요한 임무로 생각하고 있다. 요즘 콜턴 할아버지를 보면, 몸속 수분 수치가 겨우 15퍼센트 정도만 남아 있는 것 같아 걱정이다.

아빠가 생수병 상자를 들고 돌아왔다. 아빠는 커다란 주머니도 가져왔는데, 그 안에는 엄마가 비치 하우스에서 가져다 달라고 부탁한 해변 놀이용 장난감이 가득 들어 있었다. 나는 땀을 흘리며 놀기 싫었지만, 분위기를 보니 싫다고 해 봤자 엄마에게 씨알도 먹히지 않을 게 분명했다.

엄마는 주머니에 들어 있던 온갖 낡은 장난감을 전부 꺼냈다.
그러면서 엄마와 이모들이 어렸을 때 이 장난감으로 놀다
보면 너무 재미있어서 시간 가는 줄도 몰랐다고 했다. 그 시절
어린이들은 분명 지금의 우리와는 취향이 달랐던 모양이다.
아무리 봐도 가지고 놀 만한 것이 하나도 없었으니까.

그나마 재미있어 보이는 장난감은 연 하나뿐이었다. 하지만
연날리기는 고개를 들어 연이 날아가는 방향도 봐야지, 고개를
숙여 바닥도 살펴야지, 쉽지가 않았다.

여러 사람들에게 민폐를 끼치고 나서야 나는 연날리기를
그만두기로 했다. 민폐를 감수할 정도로 연날리기가 재미있는
것도 아니었으니까. 나는 연줄을 아이스박스 손잡이에 묶어
놓고는 다시 편히 쉬기로 했다.

헤플리

그러다 내가 깜빡 잠이 들었던 모양이다. 시간이 얼마나
흘렀는지도 모르게 자다가, 누워 있던 돗자리에 축축한 느낌이
드는 바람에 잠에서 깼다.

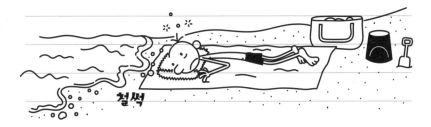

철썩

깨 보니 바닷물이 해변에 빠른 속도로 밀려들고 있었다.
아무리 주위를 봐도 우리 가족은 보이지 않았다. 가져온 짐들이
몽땅 파도에 휩쓸려 떠내려가고 있어서 어떻게든 하나라도
챙겨야 했다. 말이 쉽지, 아무 도움 없이 그 많은 물건들을 혼자
챙기려니 생각보다 쉽지 않았다.

나는 물건들을 챙기느라 정신이 없어서 바닷속에 다른
무언가가 있을 거라고는 생각도 못했다. 그런데 갑자기
다리에 무언가가 척 달라붙는 게 아닌가! 그것도 아주 불쾌한
촉감으로!

그 순간, 옛날에는 종종 나타나는 해파리들이 이 섬의
골칫거리였다던 엄마의 말이 번뜩 떠올랐다. 그거였다! 이
녀석이 바로 그 해파리 녀석이었다. 해파리에게 쏘였을 때 어떤
응급조치를 해야 하는지 분명 배웠었는데 얼마나 당황하고
무서웠는지 하나도 기억나지 않았다.

머릿속에 유일하게 떠오르는 응급조치는 '멈추고, 바닥에
엎드려서, 몸을 굴려라.*'뿐이었다. 그래서 나는 그렇게 했다.

그런데 해파리라 생각했던 것은 나의 **착각**이었다. 사실은
해파리가 아니라 해초 더미였던 거다. 나처럼 착각하는 경우가
흔했는지 인명 구조원들은 비명 소리에도 나를 구하러 출동하지
않았다.

*'멈추고, 바닥에 엎드려서, 몸을 굴려라'라는 뜻의 영어 'stop, drop, roll'은 미국의
화재 안전 교육 지침 중 하나로, 옷에 불이 붙었을 때 해야 하는 조치다.

놀란 가슴을 가라앉힌 나는 다리를 바닷물로 씻었다. 그때 주위를 잘 살피고 있었어야 했었는데, 밀려오는 거대한 파도에 그만 휩쓸려 넘어졌다.

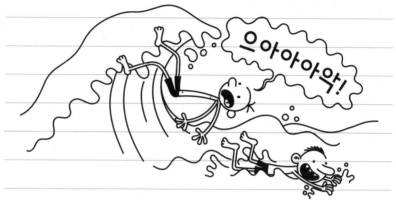

나는 간신히 파도에서 빠져나왔다. 다리에 힘이 빠져 휘청거리기는 했지만 적어도 위험한 상황은 벗어난 셈이었다. 하지만 내 수영복 안에 모래가 잔뜩 들어가는 바람에 사람들은 재미있는 **구경거리**라도 났다는 듯 나에게서 눈을 떼지 않았다.

그렇다고 그 자리에서 수영복을 휙 벗어 던지고 안에 들어 있는 모래를 털어 낼 수는 없었다. 그래서 나는 내 허리 아래까지 잠길 정도의 깊은 곳으로 들어갔다. 역류하는 파도와 씨름을 하면서 수영복 안 모래를 털어 내는 것은 생각만큼 쉽지 않았다.

그런데 인명 구조대 누나가 나의 움직임을 예의 주시하고 있었나 보다. 누나의 반응을 보니, 아마 내가 바다를 화장실처럼 쓰려고 한다고 생각하는 게 분명했다.

인명 구조대 누나는 나를 물 밖으로 끌어내려고 했다. 나는 시키는 대로 나오지 않고 물속에서 버텼다. 하지만 인명 구조원들은 이런 상황에 대해서도 훈련을 받은 게 틀림없었다. 인명 구조대 누나는 나를 순식간에 해변으로 끌어냈다.

그 와중에 우리가 가져온 짐의 반은 파도에 떠밀려 저 멀리 해변을 따라 흩어졌다. 남아 있던 짐도 바닷물에 푹 젖어 버렸다. 다행히도 아이스박스는 물에 휩쓸리지 않았다. 나는 아이스박스를 깔고 앉아 잠시 숨을 돌렸다.

문득 아이스박스에 생수 몇 병이 남아 있다는 것이 기억났다.
나는 아이스박스에 남아 있던 생수병을 다 꺼냈다.

생수병을 다 꺼내고 나서야 비로소 그동안 이 생수병 무게
때문에 아이스박스가 움직이지 않고 있었다는 걸 깨달았다.
가벼워진 아이스박스가 연줄에 매달려 공중으로 떠올랐기
때문이다.

나는 아이스박스를 쫓아 달려갔지만, 잡힐 듯 말 듯 좀처럼 잡히지 않았다. 해변에 장애물이 그렇게 많지만 않았더라도, 충분히 연줄을 잡아챌 수 있었을 거다.

날아가던 아이스박스가 마침내 모래 언덕에 추락했다. 아이스박스가 다시 공중으로 떠오르기 전에 잡을 수 있는 기회였다.

그러다 내가 지금 어디에 와 있는지 알아차린 순간, 나는
아이스박스를 그대로 버리고 도망치기로 했다.

나는 서둘러 물떼새들의 서식지에서 빠져나왔다. 다행히 나를
본 사람은 없는 것 같았다. 곧장 나는 햇빛을 피하기 위해 내가
있던 파라솔로 돌아갔다. 피부를 보호하는 일만큼 이 세상에
중요한 일은 없다.

월요일

어제저녁 비치 하우스로 돌아가자마자, 나는 화장실로 곧장 가고 싶었다. 하지만 여행 온 가족은 모두 열세 명인데 화장실은 딱 하나뿐이었다. 별수 없이 나는 내 차례가 돌아올 때까지 기다려야만 했다.

마침내 내 차례가 되었다. 화장실로 들어가니 온통 뿌얗게 김이 서려 한 치 앞도 보이지 않았다. 그래서 세탁한 뒤 건조대에 널어 둔 이모들의 젖은 수영복을 건드리지 않고 들어가느라 무지 애를 썼다.

후딱 샤워를 하고 나가고 싶은 마음뿐이었다. 그런데 욕조에 진흙탕 물이 배수구로 빠져나가지 못하고 15센티미터 정도나 차 있었다. 배수구에는 머리카락 덩어리가 꽉 막혀 있었다.

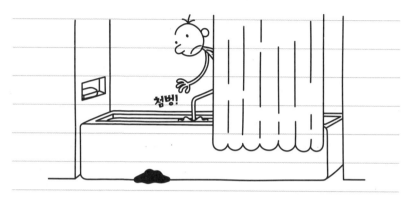

첨벙!

엎친 데 덮친 격으로 더운물이 안 나와서 나는 별수 없이 찬물로 샤워해야 했다. 찬물 더운물을 가릴 때가 아니었다. 난 외식하러 가기 전에 깨끗하게 씻고 말끔하게 차려입고 싶었다.

유일한 문제는 몸에 묻은 물기를 제대로 닦을 수가 없다는 거였다. 가족들이 수건을 다 써 버렸기 때문이다. 나는 두루마리 휴지를 톡톡 두드려서 몸에 묻은 물기를 닦아야만 했다.

톡톡

하지만 그렇게 하려니 시간이 너무 많이 걸렸다. 그래서 나는 강아지처럼 몸을 부르르 떨며 물기를 털어 보았다. 하지만 생각처럼 물기는 잘 털리지 않았고, 온 사방에 물만 튀겨 놓은 셈이 되어 버렸다.

화장실에서 나올 때 뒤처리를 깔끔하게 했어야 했다. 케이키 이모가 내가 변기에 소변을 튀겼다며 엄청 야단을 쳤다. 그 바람에 이제부터 남자들은 변기에서 볼일을 볼 때 앉아서 봐야 한다는 새로운 규칙이 생겼다.

다들 다른 사람들이 화장실만 들어가면 나올 줄 모른다며
서로에게 볼멘소리를 쏟아 냈다. 그래서 엄마는 순번을 정해
15분 간격으로 화장실을 사용하는 시간표를 만들었다. 내
차례는 저녁 6시 30분이었다.

솔직히 나는 볼일을 보는 시간을 마음대로 조절할 수 없다.
매니도 마찬가지다. 매니는 자기 차례가 돌아오는 저녁 9시
30분까지 기다리지 못하고 유리창 밖에다가 볼일을 해결했다.

그래서 나는 저녁을 먹으러 레스토랑에 가게 되면 그곳 화장실을 쓰기로 했다. 분명 레스토랑 화장실은 시설이 괜찮을 터였다. 깨끗하고 따뜻한 수건에 손을 닦을 생각만 해도 기분이 좋았다.

하지만 내가 저녁을 먹으러 어디로 가냐고 묻자 엄마로부터 돌아온 대답은 너무 실망스러웠다.

엄마는 이번 여행 **내내** 음식을 사 먹는 일은 없을 거라고 못을 박았다. 가족여행을 오면 할머니가 항상 손수 음식을 만들어 식구들을 먹였다고 하면서 말이다. 이번 여행에서는 그 전통을 그대로 이어 갈 거라나.

나의 개인적인 생각이지만, 엄마는 집안 전통을 지나치게 중요히 여기는 것 같다. 지금껏 그랬다고 해서 굳이 **계속** 똑같이 할 필요는 없지 않은가.

우리가 한때 고수했던 유일한 전통이 있다. 미마우 증조할머니는 부활절 가족 식사 모임을 할 때마다 머리에 바지를 뒤집어쓰고 먹게 했었다. 모두 기이한 전통이라고 생각은 했지만, 증조할머니가 자라난 옛 고향에서는 그렇게 했었나 보다, 하며 생각하고는 다들 그냥 넘어갔었다.

하지만 그 뒤 미마우 증조 할머니는 겉옷 위에 속옷을 입는 등 이런저런 괴상한 행동을 했다. 그제야 우리는 증조할머니가 치매 증상을 보이기 시작했다는 것을 깨달았다.

나는 대식구가 모두 모여 앉아 식사하는 것을 그리 좋아하지 않는다. 동굴 속에 살던 우리 조상들이 다 같이 모여 식사를 했다면 아마 석기 시대까지도 살아남지 못했을 거다.

원시인들의 행동 중 마음에 드는 건 수렵 활동 이후에만 배를 채웠다는 점이다. 나도 매일 꼬박 세끼를 챙겨 먹지 않고 그런 식으로 배가 고플 때만 밥을 먹었으면 좋겠다.

밥 먹는 얘기가 나왔으니 말인데, 나는 식사와 관련해서 몇 가지 만들고 싶은 규칙이 있다. 가장 먼저, 음식을 먹고 있는 사람에겐 절대 말을 걸지 않는다는 규칙이 있었으면 좋겠다. 왜냐하면 우리 엄마는 내가 시리얼을 열심히 먹고 있을 때마다, 꼭 나보고 이거 해라, 저거 해라 시키기 일쑤이기 때문이다.

음식을 다 먹고 나면 일단 그릇을 깨끗하게 물로 헹군 다음 식기세척기에 그릇을 넣을 때 그릇에 끈적한 시럽이 묻어 있지는 않은지 꼭 확인해야 해.

우적우적우적
우적우적우적

그리고 밥 먹을 때는 제발 아무도 나를 건드리지 않았으면 좋겠다. 밥 먹을 때는 개도 안 건드린다는 말이 괜히 있는 것이 아니다. 나는 개가 밥을 먹을 때 귀찮게 하는 녀석을 물려고 달려드는 게 너무 이해가 간다.

엄마는 오늘 저녁으로 스파게티에 마늘빵을 곁들여 먹을
거라고 했다. 어른들이 식사 준비를 시작했다. 하지만 비치
하우스의 부엌은 많은 사람들이 한꺼번에 움직이며 일하기에는
공간이 너무 좁았다.

게다가 가스레인지에 올려놓은 냄비는 물이 팔팔 끓고 있고,
오븐도 작동 중이라 부엌은 그야말로 **찜통**이 따로 없었다.
다들 샤워를 하고 나온 지 얼마 안 되었는데도 벌써부터 땀에
흥건히 젖어 있었다.

어른들은 요리하는 방식이 제각각이었다. 식재료를 다룰 때에도 서로 의견이 갈렸다. 오드리 이모가 실수로 상자에 들어 있던 스파게티 면을 바닥에 쏟자, 엄마는 바닥에 떨어진 스파게티 면은 다 버려야 한다고 했다.

하지만 그레첸 이모는 어차피 면은 끓는 물에 삶을 거라 바닥에서 떨어지며 묻었던 세균은 다 죽을 거라고 했다. 케이키 이모도 같은 생각이었다. 그러다 이모들과 엄마 사이에 면을 버릴 거냐 말 거냐를 두고 큰 말다툼이 벌어졌다. 말다툼을 벌이는 사이 마늘빵이 홀랑 타 버리고 말았다.

엄마가 새 냄비에 물을 받아 가스레인지에 올리더니 '바닥에 떨어졌던 스파게티 면'을 그 냄비에 넣어 따로 삶자고 하자 말다툼은 일단락되었다.

케이키 이모는 스파게티 면이 제대로 삶아졌는지 아닌지는 삶은 스파게티 면을 벽에 던져 보면 알 수 있다고 했다. 그건 우리 엄마가 두 손을 들어 환영할 방식은 아니었다. 엄마는 '벽에 던질 스파게티'를 삶기 위해 세 번째 냄비를 가스레인지에 올렸다.

음식을 두고 목소리를 높여 가며 강하게 자기주장을 한 사람들은 엄마와 이모뿐만이 아니었다. 빈센트 아저씨도 그에 못지않았다. 아저씨는 고급 레스토랑에서 일을 하는데, 간이 맞는지 확인해 보려고 소스를 계속 찍어 먹었다.

하지만 빈센트 아저씨가 맛을 본답시고 입에 넣었던 숟가락을 냄비에 넣다 빼기를 반복하는 게 아닌가! 그래서 오늘은 난 소스에 입도 대지 않으리라 마음을 먹었다.

엄마 말에 따르면 빈센트 아저씨는 와인에 대해 잘 아는 전문가인 '소믈리에'라고 한다. 빈센트 아저씨가 그러는데, 와인을 시음할 땐 와인을 한 모금 마시고는 입안에서 맛을 음미한 뒤 머금은 와인을 뱉는다고 한다.

그런 일을 직업으로 하는 사람들이 있다니, 난생처음 듣는 이야기였다. 만약 내가 타코의 맛을 감별하는 타코 소믈리에로 일하게 된다면, 뱉는 데 있어서 나를 따라올 자가 없을 거다.

여행을 떠나기 전에 할머니가 미트볼을 잔뜩 만들어
아이스박스에 챙겨 주었다.

할머니는 미트볼을 커다란 비닐봉지에 한꺼번에 넣는 대신
식구별로 봉지를 **따로따로** 구분해 보냈다. 각자의 비닐봉지에
미트볼이 몇 개 들어 있는지를 확인하면서 할머니가 얼마나 우릴
사랑하는지 정확하게 알 수 있었다.

아직 공식적인 가족이 아니라는 이유로 미트볼을 받지 못한
빈센트 아저씨가 얼마나 안쓰러웠는지. 보아 하니 케이키 이모는
다른 사람들과 음식을 나눠 먹는 타입은 아닌 모양이었다.

오드리 이모도 미트볼을 받지 못했다. 하지만 그건 이모가
채식주의자이기 때문이다. 언젠가 소들이 말을 하게 된다면
아마 나도 그때는 반드시 채식주의자가 될 것이다.

오드리 이모는 건강한 식습관을 아주 중요하게 생각한다.
이모는 항상 우리 모두에게 포장지 뒤에 적혀 있는 성분표를 꼭
읽으라고 했다. 그러면서 만약 발음하기 어려운 성분이 들어
있으면 절대 먹지 말아야 한다고 했다.

오드리 이모는 가공식품 회사가 포장지에 표시해서 소비자에게
반드시 알려 주어야 하는 정보는 칼로리가 얼마나 높은지가
아니라, 이 가공식품을 섭취하면 수명이 얼마나 단축되는지라고
주장한다. 하지만 초콜릿 바 한 개당 수명이 3분 짧아진다는
사실을 알게 되더라도 내가 초콜릿 바를 끊을 일은 절대 없을
것이다.

저녁 식사가 준비되자 우리는 다 같이 부엌 식탁에 다닥다닥
붙어 앉아 저녁을 먹었다. 밥상머리에서의 대화가 아주
기분 좋게 시작되는가 싶었지만, 분위기는 또다시 순식간에
험악해졌다.

그레첸 이모가 정치 이야기를 꺼냈기 때문이다. 다들 정치라면
나름 할 말이 많았던 모양이다. 다행히 우리 엄마는 대화가 더
과열되기 전에 막았다.

엄마는 어떤 분란도 일으키지 않을 만한 '안전한' 대화
주제들을 적어 보자고 제안했다. 모두들 종이에 각자 한 가지씩
주제를 적었다. 이름을 밝히지 않은 익명이었지만 케이키 이모가
적어 낸 주제가 무엇인지는 쉽게 찾을 수 있었다.

꽃	연애 소설
거북이	반려동물 🐾
텔레비전	패션
대중음악	수잔이 케이키의 남자 친구를 가로챈 10대 시절

엄마와 케이키 이모는 마지막으로 루티넥 섬에 가족여행을
왔을 때 일어났던 사건을 두고 또다시 격렬한 말다툼을 벌이기
시작했다.

그 사건은 이랬다. 어느 해 여름 케이키 이모는 인명 구조원으로
일하던 한 남자와 데이트를 하게 되었다. 그런데 우리 엄마가
둘 사이에 끼어들어 그 남자를 **가로챘던** 모양이다. 드디어
나는 왜 우리 엄마와 케이키 이모가 서로 앙숙이 되었는지에
대한 답을 얻은 것 같았다.

엄마는 다 지나간 옛날이야기라며 케이키 이모에게 이제 그만 잊어버리라 했다. 하지만 이렇게 오랜 시간이 지났는데도 케이키 이모는 도저히 분노를 삭이지 못하는 것 같았다.

엄마와 이모가 싸우는 소리를 듣고 있던 아빠는 영 불편한 기색이었다. 아빠는 엄마의 옛 남자 친구에 대한 이야기를 듣고 싶은 마음이 없었을 거다. 빈센트 아저씨 역시 그런 대화가 못마땅하다는 표정이었다.

그러다 케이키 이모는 우리 엄마가 자기 미트볼을 하나 훔쳐 갔다고 우겼다. 하지만 엄마는 할머니가 그저 엄마의 비닐 봉지에 미트볼을 더 많이 넣어 주었을 뿐이라며 그게 바로 할머니가 엄마를 더 좋아하는 증거라고 맞받아쳤다.

두 사람의 날 선 대화는 좀처럼 좋게 끝날 것 같지 않았다. 그래서 나머지 사람들은 자리에서 일어나 식탁을 치우기 시작했다.

빈센트 아저씨가 자진해서 설거지를 하겠다고 나섰다. 아마도
우리 가족에게 여전히 점수를 따려고 애를 쓰는 것 같았다.
하지만 내가 보기에 아저씨는 괜히 시간만 낭비하는 것 같다.
아저씨가 좋은 인상을 심어 주어야 할 사람은 딱 한 사람,
우리 할머니뿐이니까.

저녁을 먹은 다음, 모두들 각자 흩어져 자기만의 시간을
보내고 싶어 했다. 하지만 엄마는 가족이 다 함께 거실에서
텔레비전을 시청하기를 바랐다. 엄마의 생각이 나쁘지는
않았지만, 열두 명의 사람과 한 마리의 강아지가 함께 시청할
프로그램을 두고 의견을 모으는 일은 거의 불가능하다.

베로니카 이모는 '진짜 케이크를 찾아라!'라는 프로그램을
골랐다. 그 프로그램에서는 제과 제빵 전문 셰프가 나와서,
신발이나 가방 등 일상에서 쓰는 물건을 고른 뒤 그 물건과
똑같이 생긴 케이크를 만든다. 그리고 셰프가 만든 케이크와
실제 물건을 두고 대회 참가자들이 둘 중 무엇이 케이크가
아닌지 가려내는 경연 프로그램이다.

내가 그 프로그램에 나갔다면 형편없는 점수로 번번이 떨어졌을 것이다. 매번 고른 답이 한 번도 맞았던 적이 없기 때문이다.

하지만 엄마는 그 프로그램을 보는 것을 원하지 않았다. 우리 가족은 그 프로그램 때문에 크게 골치 아팠던 적이 있다. 매니가 그 프로그램을 보고 난 뒤 **모든 물건**이 케이크일 거라고 생각했기 때문이다. 특히 공중화장실에서 얼마나 **난감했는지** 모른다.

그보다 더 심각한 점은 매니가 이제는 **진짜** 음식까지 의심하게 되었다는 거다. 매니는 음식이 아닌 것을 음식으로 위장한 거라고 생각했다. 엄마가 먼저 한입 먹는 걸 보여 주어야 해서 저녁 먹는 시간이 전보다 두 배는 걸렸다. 안 그러면 매니는 아무것도 입에 넣으려고 하지 않았다.

나는 사람들이 진실과 거짓을 구별하는 판단력이 어떻게 흐려지게 되는지 그 과정을 너무나 잘 알고 있다. 로드릭 형이 **수년 동안** 내 판단력을 망쳐 놓았기 때문이다.

내가 어렸을 때, 엄마와 아빠는 로드릭 형에게 내가 잠자리에 들기 전에 종종 동화책을 읽어 주라고 시켰다. 그러던 어느 날 형은 나에게 사람들이 타고 다니는 말은 용이나 인어처럼 상상 속에 존재하는 동물이라고 말했다.

나는 말을 실제로 본 적이 있다고 했지만, 로드릭 형은 그럴 리가 없다며 강력하게 우겼다. 그래서 나는 형의 말을 믿고 있었다. 그러다 3학년 때 농장 체험 학습을 갔다가 내 눈앞에 실제로 살아 움직이는 말을 마주했으니 내가 얼마나 소스라치게 놀랐겠는가.

로드릭 형의 말을 곧이곧대로 믿었다가 어떤 꼴을 당했는지, 나는 지금도 똑똑히 기억하고 있다. 그럼에도 불구하고 요즘도 나는 이따금 형의 새로운 장난에 번번이 속아 넘어간다. 지난여름 우리 가족이 바다로 여행을 갔을 때도 속은 적이 있다. 형이 나에게 상어 퇴치제라며 스프레이를 한 통 팔았다. 그런데 알고 보니, 그건 엄마가 사용하는 헤어스프레이였다.

엄마가 '진짜 케이크를 찾아라!' 프로그램을 보지 말자고 했다.
그러자 가족들은 저마다 이런저런 프로그램을 제안했다.

그레첸 이모는 한 유명 인사 가족이 황당한 사건을 끊임없이
겪는 리얼리티 프로그램을 보자고 했다. 하지만 엄마는 그
프로그램은 케이크인지 아닌지를 맞추는 프로그램과 다를 바가
없다고 했다. 그 가족이 겪는 사건들은 **실제로** 일어나는 것이
아닌 모두 짜여진 각본이라며 말이다.

우리 엄마 말이 맞는지 아닌지는 모르지만 확실한 건 프로그램에
나오는 사람들은 분명 **출연료를** 받고 있을 거라는 점이다.
나였어도 시청률만 높아진다면 모든 것이 연기라 해도
상관없을 것 같다.

혹시라도 우리 가족이 그런 리얼리티 프로그램에 나가게 될 것을
대비해, 나는 프로그램의 제목을 미리 정해 놓았다.

우리 가족에게 그런 일은 결코 일어나지 않을 이유가 있다.
우리 가족은 너무나 **따분한** 사람들이기 때문이다. 로드릭
형이 언젠가 한번 코트를 입고 지퍼를 올리다가 지퍼에 입술이
물렸던 적이 있었지만, 그 사소한 일로 방송 1회 분량을 다 채울
수 있을 것 같지는 않다.

혹시나 그런 프로그램에 섭외를 받는다면, 해 볼 만한 주제는 딱 하나다. 우리 집안의 스캔들! 리얼리티 프로그램을 흥미롭게 만드는 것은 가족 간에 숨겨져 있던 엄청난 비밀일 거다. 그런 비밀로 인해 드라마틱한 일들이 벌어지니까. 만약 우리 가족에게 그런 흥미진진한 비밀이 있는데 아직까지 내가 모르는 거라면, 다들 정말로 입이 보통 무거운 게 아닌 거다.

엄마는 엄마가 가장 좋아하는 프로그램을 보고 싶어 했다. 그건 왕실의 삶에 관한 거였다. 내가 들은 바에 의하면 왕실의 삶은 드라마보다 더 드라마 같다고 한다.

왕실 가족들이 늘 이런 문제에 시달리는 이유는 밑에서 일하는 사람들이 그들의 사생활 정보를 기자에게 흘리기 때문이다. 왕실에서 일하다 얻은 정보를 알려 주는 대가로 많은 돈을 받을 수 있다면? 누구라도 입을 다물고 있기가 쉽지는 않을 것 같다.

실제로 내가 왕실에서 일하는 사람이 아니라 왕실의 **가족**
이라도, 누군가가 큰돈을 제시하면 나 또한 왕실의 비밀을
폭로하고 싶은 유혹을 이기기 힘들 것 같다.

내가 만약 왕실의 아들로 태어났다면, 아마 결혼이라든가
자식을 갖는 문제에 있어서도 스트레스를 많이 받을 것 같다.
왜냐하면 왕실에서는 권력을 유지하기 위해서라도 혈통을 이어
나가야 하기 때문이다.

이런 모든 힘든 상황을 직접 겪을 필요가 있을까? **복제**
인간을 만들어 대신 앉혀 놓으면 삶이 한결 순탄해질 텐데.

복제 인간을 만드는 일이 합법적인지 아닌지는 잘 모르겠지만
나와 똑같은 인간을 만들어 놓으면 저녁 식사 때 나누는
대화도 훨씬 만족스러울 것 같다.

복제 인간이라는 것이 뚝딱하고 순식간에 만들어지는 것이 아닌
모양이다. 나는 복제하는 과정이 복사기로 **복사**하는 것과
똑같은 줄 알았다.

과학 선생님은 인간이나 동물의 복제품을 만들 때는
갓난아기 상태로 복제한다고 말해 주었다. 내 기저귀를
내가 갈아 준다니, 어째 묘한 기분일 것 같다.

왕실 안 사정에 대해 확실히 알려 줄 수 있는 점이 있다.
그들 안에는 누가 그다음 왕좌에 오를 것인지에 대해 분명한
법칙이 존재한다는 점이다. 하지만 우리 집안에서는 할머니가
돌아가신 다음 누가 우두머리가 되느냐에 대해서 아직
정해지지 않았다.

아무래도 우리 엄마가 그 자리를 할머니 다음으로 차지할 것
같다. 물론 이모들이 싸우지 않고 순순히 우리 엄마에게 그
자리를 양보해 줄 것 같지는 않지만.

분명한 것은 **우리** 세대가 집안의 가장이 될 날은 아직 한참
멀었다는 거다. 만약 그때가 되어 혹시 내가 우리 집안의
우두머리가 된다고 해도, 그 나이에 우두머리가 되는 건 그다지
기뻐할 일은 아닐 것 같다.

어젯밤에는 음식 준비로 인한 열기 때문에 잠자리에 들 때까지 집안이 무척 후덥지근했다. 그래서인지 나는 좀처럼 잠을 청하기가 힘들었다. 나는 열기를 식히기 위해 천장에 달린 대형 선풍기를 켰다. 그런데, 아뿔싸! 빈센트 아저씨가 선풍기 날개 위에 젖은 빨래를 걸어 놓았을 거라고는 전혀 생각도 못 했다.

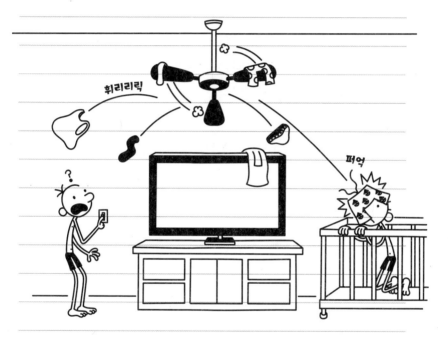

나는 아저씨 옷을 도로 날개에 걸어 놓고는 다시 잠자리에 들었다. 그러다 드디어 겨우 잠에 들었는데 그것도 잠시, 현관문 노크 소리에 눈이 떠졌다. 그 시간에 현관문을 두드리는 사람이 있을 리가 없었다. 나는 마음이 초조해져서 문을 열어 주기가 겁이 났다.

가뜩이나 겁을 잔뜩 먹고 있는데, 현관문 앞에 해적이 떡하니
서 있는 게 아닌가! 내가 얼마나 소스라치게 놀랐는지.

알고 보니 해적이 아니라 우리 아빠 동생인 개리 삼촌이었다.
삼촌은 해적 옷을 입고 있었다.

나는 개리 삼촌을 안으로 들였다. 삼촌은 어쩌다 이곳까지 오게
되었는지 나에게 자초지종을 설명해 주었다. 삼촌은 올 여름에
야구장에서 아르바이트를 했는데, 야구장 외야석 아래에서
관중들이 경기를 보다가 흘린 물건들을 찾아 주는 일을 했다고
한다.

삼촌은 야구장에서 핸드폰으로 수도 없이 머리를 얻어맞았을
거다. 그렇게 참다 참다 결국 새로운 일자리를 찾아봐야겠다고
마음을 먹은 모양이다.

개리 삼촌은 탁 트인 공간에서 신선한 공기를 마시며 일하고
싶어 했다. 그래서 유명 휴가지에서 일할 기회를 찾아보기
시작했고, 그러다가 어렸을 때 가족들과 놀러 왔던 루티넥
섬의 해적 콘셉트로 운영하는 놀이공원에 일자리가 있는 것을
알게 되었다고 한다.

구인 광고

'해골 무덤' 놀이공원의 전설적인 해적 선장,
와일드 윌리엄 역을 맡을 배우 구함!
(주중에는 하루 세 번, 주말에는 하루 다섯 번 공연합니다.)

127

여행을 오기 전, 엄마는 엄마가 어렸을 때 루티넥 섬에 가면
늘 이모들과 '해골 무덤' 놀이공원에 놀러 갔다고 말해 주었다.
그러면서 와일드 윌리엄 해적 선장에게 쫓기는 게 얼마나
무서웠는지 모른다고 했다. 한번은 그레첸 이모가 얼마나
기겁을 했던지 바지에 오줌을 싼 적도 있다고 했다.

개리 삼촌이 말하기를 지난 30년 동안 해적 와일드 윌리엄 해적
선장 역을 맡았던 배우가 있었다고 한다. 그런데 그 배우가
드디어 그 일을 그만두었다는 것이다.

그런데 끝이 좋지는 않았던 모양이다. 그 배우는 그만두고
싶어서 그만둔 게 아니었던 것 같다.

몇 주 전에 그 배우는 와일드 윌리엄 해적 선장으로서 노를 젓는 배를 타고 어린이 고객들을 쫓고 있었다. 지난 30년간 여름마다 늘 해 왔던 대로 말이다. 하지만 쫓기던 아이들이 갑자기 방향을 틀고는 선장이 타고 있는 배를 뒤집어 버렸다고 한다.

그런 일을 당한 것도 끔찍한데, '해골 무덤' 놀이공원 운영 책임자는 와일드 윌리엄에게 부모들의 항의가 들어온다며 아이들에게 '산 채로 살가죽을 다 벗겨 버릴 테다!'라는 말은 더 이상 하지 말아 달라고 했다.

결국 그 배우는 자존심이 상해 더 이상 못하겠다며 그만두었다고 한다. 이제 그 배우는 길거리에서 튀김을 만들어 팔고 있단다. 그런데 혹여 수염이 음식에 들어갈까 봐 한때 자신의 상징이었던 수염을 덮개로 가리고 있다나.

그런데 개리 삼촌은 해적 선장 역에 어울리는 수염을 빠르게 기를 수가 없었다. 그렇다고 가짜 수염을 달고 면접에 임하기도 싫었던 거다. 고민 끝에 삼촌은 미용실을 찾아가 잘려 나간 머리카락을 팔라며 설득했다고 한다.

삼촌은 접착제를 이용해 잘린 머리카락을 얼굴에 수염처럼 붙이고 해적 옷을 구해 입고는 루티넥 섬으로 갔다. 하지만 무턱대고 찾아오기 전에 미리 전화라도 했다면 좋았을걸, 왜냐하면 삼촌이 '해골 무덤' 놀이공원을 찾아갔을 때, 놀이공원 책임자가 삼촌에게 실망스러운 소식을 전해 주었기 때문이다.

놀이공원 책임자는 해적 콘셉트가 아이들에게 그닥 인기가
없어서 놀이공원을 다른 방향으로 운영하기로 결정했다는
말을 전했다. '해골 무덤'은 이제 '나비 정원'으로 이름이
바뀐다는 것이다. 그러면서 놀이공원 책임자는 삼촌에게 만약
연기자로서의 일자리를 원한다면 다른 곳에서 찾아보는 게
좋을 것 같다는 조언도 했다고 한다.

개리 삼촌은 집으로 돌아갈 만한 돈도 넉넉치 않아서 우리
아빠에게 혹시 지금 돈을 보내 줄 수 있는지 부탁하려고 연락을
한 것이었다.

하지만 삼촌이 보낸 문자에 아빠가 답이 없자, 삼촌은
스마트폰으로 아빠가 어디에 있는지 수소문해서 알아보던 중,
마침 아빠가 루티넥 섬에 있다는 것을 알게 되었다.

개리 삼촌은 잘 곳이 없어서 이 밤에 여기를 와야만 했다고
설명했다. 내가 이곳도 잘 침대가 모자르다고 말했지만, 삼촌은
전혀 개의치 않았다. 해적들은 의외의 장소에서도 잠을 잘
자는 모양이다.

오늘 아침, 텔레비전 장식장에서 잠을 자고 있는 개리 삼촌을
발견한 아빠의 표정을 보니 영 못마땅해하는 게 보였다. 개리
삼촌이 나에게 들려주었던 이야기 그대로 아빠에게 자초지종을
설명하자, 아빠는 삼촌에게 집으로 돌아갈 뱃삯을 마련해
주겠다고 했다.

하지만 개리 삼촌은 그렇게 서둘러 돌아갈 필요는 없다고
하면서 이왕 온 김에 이곳에서 휴가를 보내다 돌아가고
싶다고 말했다.

엄마는 무거운 짐을 해변까지 들어 줄 일꾼이 하나 더 생겨서 기분이 좋아 보였다. 하지만 어제 아이스박스 때문에 벌어졌던 그 소동을 겪은 나는, 해변에 다시 가고 싶은 마음은 **죽어도** 없었다.

나는 가족들에게 하루쯤은 해변을 건너뛰고, 대신 다른 놀거리를 찾아보면 어떻겠냐고 제안했다. 다들 내색은 하지 않았지만 아마 같은 생각을 하고 있었나 보다. 내 말이 끝나기 무섭게 저마다 여러 의견들을 쏟아 내기 시작했다. 심지어는 이곳에 온 지 얼마 안 된 개리 삼촌조차 생각나는 대로 이런저런 제안을 하며 대화에 끼어들었다.

로드릭 형은 레코드 가게에 가 보고 싶어 했고 아빠는
바다낚시를 하고 싶어 했다. 빈센트 아저씨는 온 가족이 함께
치즈 시식을 하러 가고 싶다고 했다. 쌍둥이 녀석들은 '스트레스
해소 방'이라는 곳에 가고 싶어 했다. 그곳은 돈을 내고 물건을
때려 부수는 곳이었다.

개리 삼촌은 패러세일링*을 가자고 강력하게 밀어붙였다.
오드리 이모는 '소리 치유'는 어떠냐는 제안을 했다. 이모 같은
얌전한 성향의 사람이 즐길 만한 활동 같았다.

* 패러세일링 : 특별 제작한 낙하산을 타고 바다 풍경과 스릴을 즐기는 여가 스포츠

하지만 가장 마음에 든 아이디어는 빅토리아 이모의 '스파 데이'였다. 마사지를 비롯해 각종 관리를 받는 날을 정하자는 것이었다. 그렇지 않아도 발톱이 너무 길었는데, 발톱 손질을 받으면 기분이 정말 좋을 것 같았다.

시원하다아아!

아마 하루 정도는 다들 흩어져서 각자 원하는 대로 놀고 싶었을 것이다. 하지만 엄마는 식구들이 각자 행동하는 것을 여전히 원하지 않았다. 엄마는 할머니가 무슨 일이건 우리가 다 같이 하기를 바랄 거라며 고집을 피웠다. 그래서 우리는 다 같이 할 수 있는 일을 찾아내야만 했다.

다만 문제는 이렇게 서로 나이 차이가 많이 나는 사람들이 함께할 수 있는 여가 활동이 그리 다양하지 않다는 거다. 그래서 우리는 미니 골프와 등대 탐방 중에 선택하는 것으로 의견을 좁혔다. 사실 나는 둘 다 별로였다.

무엇보다 매니와 미니 골프를 쳐 봤으면 알 거다. 한 라운드를 도는 것만도 얼마나 오래 걸리는지, **영영** 끝날 것 같지가 않다. 매니가 한 타 한 타 신중하게 쳐서 기다리다 지친 사람들이 우리에게 얼마나 짜증을 냈는지 모른다. 그러니 미니 골프는 갈 생각만 해도 스트레스가 쌓인다.

지난번에 미니 골프를 치러 갔을 때는 매니가 마지막 홀에서 공을 한 번에 넣는 홀인원을 하는 바람에 그날 온 가족이 그 끔찍한 과정을 한 번 더 겪어야 했다.

하지만 엄마가 제안한 등대 탐방은 듣기만 해도 더
끔찍했다. 방학 중에 여행을 갈 때마다 엄마는 항상
박물관이나 유적지를 굳이 찾아가서는 그곳에서 제공하는
체험 프로그램을 어떻게 해서든 일정에 끼워 넣는다.

나는 엄마가 어떻게 매번 이런 곳들을 찾아내는지 모르겠다.
어쨌든 어딜 가든, 엄마는 항상 그런 곳들을 잘도 찾는다.

엄마는 여름 방학 동안 아이들이 '두뇌 고갈' 상태가 된다고
하면서 머릿속에 지식을 쌓을 수 있는 배움의 기회를
틈나는 대로 찾아낸다. 하지만 나는 여름 방학 동안만큼은
의도적으로 내 두뇌를 최대한 쓰지 않으려고 노력하는
편이다.

내 주장은 이렇다. 만약 여름 방학 동안 선행 학습을 너무 많이 해 놓으면, 개학해서 학교에 갔을 때, 같은 학년 친구들보다 내가 훨씬 앞서게 될 것이다. 그렇게 되면 너무 똑똑해졌다면서 내가 원하지 않는데도 나를 높은 학년으로 **올려 버릴** 거다. 그야말로 끔찍한 일이 아닐 수 없다. 그건 즉, 내가 올라갈 고등학교에서 내가 가장 꼴찌로 운전 면허증을 따는 학생이 된다는 뜻일 테니까.

이유는 잘 모르겠지만 박물관이건 유적지건 해설자와 함께하는 가이드 투어를 하고 나면, 나는 몸에서 에너지가 다 빠져나가는 기분이 든다.

실제로 작년에 우리 반에서 종이를 만드는 공장으로 체험 학습을 간 날이었다. 나는 집으로 돌아온 다음 기력을 회복하기 위해 세 시간 동안 낮잠을 자야만 했다.

만약 내가 슈퍼맨이라면, 박물관은 바로 나의 크립토나이트[*]
라고 할 수 있다. 엄청난 힘을 가진 악당이 나를 완전히 끝내
버리고 싶으면, 미술관의 정물화 전시실에 나를 데려다 놓기만
하면 된다는 뜻이다.

엄마는 공정한 결과를 위해, 가족들에게 두 가지 활동 중 하고
싶은 것을 각자 종이에 적어서 움푹한 그릇에 넣으라고 했다.
솔직히 미니 골프를 하고 싶지는 않았다. 하지만 다른 대안이
없어 미니 골프로 적어서 냈다.

*크립토나이트 : DC 코믹스의 만화 〈슈퍼맨〉에서 슈퍼맨을 꼼짝 못하게 하는 가상의 물질

이 투표에 참여할 수 없었던 유일한 사람은 바로 빈센트 아저씨였다. 아직 공식적인 우리 가족이 아니기 때문이다. 너무 가혹하다고 할지 모르지만, 규칙은 규칙이니 어쩔 수 없다.

투표 결과, 정확하게 양쪽의 표 수가 같았다. 투표수의 반은 미니 골프를 가는 쪽이었고, 나머지 반은 해설자와 함께하는 등대 탐방 쪽이었다. 로드릭 형만 아직 투표를 하지 않은 상태였다. 화장실에서 볼일을 보고 있었기 때문이다.

엄마는 로드릭 형에게 두 가지 활동이 있다고 하며 로드릭 형의 선택에 따라 결과가 달라진다고 알려 주었다. 그 말을 들은 형은 결정을 미루면서 자신에게 주어진 절호의 기회를 놓치지 않고 최대한 누릴 생각이었다.

로드릭 형은 중요한 결정권이 자기에게 있다는 것을 알고는, 교활하게 사람들을 움직였다. 모두들 처음에는 로드릭 형의 표를 얻어 내려 온갖 감언이설로 형을 설득하려 노력했다. 하지만 결국 물질적인 보상을 더 많이 내건 쪽에 로드릭 형이 손을 들어 주었다.

미니 골프파는 로드릭 형에게 감자칩 한 봉지와 중고 프리즈비*를 주겠다고 제안했다.

반면 등대 탐방파는 아직 개봉하지 않은 다양한 바닷소금 사탕과 더불어 여분의 화장실 이용권 하나를 내걸었다. 그러자 로드릭 형은 그쪽 제안을 덥석 받아들였다. 결국 주머니가 두둑한 쪽이 이기다니, 이 세상 정의는 다 어디로 갔단 말인가!

무엇을 할지를 두고 옥신각신하다가 시간이 너무 지체된 것 같았다. 우리가 등대에 도착했을 때, 차례를 기다리는 사람들의 줄이 엄청나게 길었다.

*프리즈비 : 플라잉 디스크 스포츠에 사용되는 플라스틱으로 된 원반 형태의 스포츠 용품

나는 해설자와 함께하는 등대 탐방 입장권이 이미 다 팔려서 잘하면 미니 골프를 치러 가겠구나 싶었다. 하지만 엄마가 그새 전화로 미리 입장권을 예매한 모양이었다. 그런데, 솔직히 이건 새치기나 다름없는 거 아닌가?

알고 보니 우리 엄마가 남아 있던 10시 입장권을 몽땅 다 사 버렸던 모양이다. 그 바람에 우리보다 먼저 와서 줄 서 있던 모든 사람들이 얼마나 분하고 억울해하던지.

로드릭 형은 이때가 기회다 싶었는지, 해설자와 함께하는 등대 탐방 입장권을 가장 마지막에 서 있던 모르는 사람에게 돈을 받고 팔았다.

나도 내 입장권을 어떻게 해서든 팔고 싶었는데, 구매자를 찾아내기 전에 엄마한테 들켜 버렸다. 비록 이번에는 해설자와 함께하는 등대 탐방 투어에서 빠지지는 못했지만 로드릭 형 덕분에 앞으로 가족들 모임에서 빠질 수 있는 방법에 대해서는 아주 잘 배운 것 같다.

다음에 가족들이 모이는 행사가 또 있으면 나는 돈을 주고서라도 나 대신 참석해 줄 사람을 찾아볼 것이다. 앞으로 빠지고 싶은 모임이 아주 많아질 테니까 말이다. 예를 들어 친척들의 생일잔치라든가 사촌들의 유치원 졸업식 같은 행사 말이다.

어쩌면 어떤 행사인지에 따라 더 많은 돈을 줘야 할지도 모르겠다. 그런 모임에 나를 대신해 줄 사람을 구하려면 지금부터 돈을 착실하게 모아야만 할 거다.

143

등대 탐방이 시작되었다. 등대 탐방 해설자는 등대에 얽힌 역사에 대해 자세하게 설명해 주었다. 앞이 보이지 않는 깜깜한 밤에 선박들이 암벽에 부딪히지 않게 불을 밝히는 것이 등대지기의 할 일이라고 했다. 등대지기의 삶은 크게 어려울 것 없어 보였지만, 아마 나한테 맡기면 분명히 나는 어떻게든 사고를 치고 말 것이다.

등대 탐방은 끽해 봐야 30분 안에 끝나고 우리는 다음 일정을 소화하면 될 것이라 생각했다. 하지만 로드릭 형의 입장권을 산 남자가 수도 없이 많은 질문을 해 댔고, 해설자는 신이 났는지 남자의 모든 질문에 하나하나 대답을 해 주었다.

등대를 지을 때 무게 균형을 맞추기 위해 얼마나 깊이 팠나요?

질문해 주셔서 감사합니다.

엄마는 등대 탐방 투어 입장권을 인원수대로 사기 위해 분명 큰돈을 지불했을 거다. 그런데 우리가 표를 몽땅 예매해 투어에 참여하지 못한 가족이 옆에서 안 듣는 척 해설자의 설명을 공짜로 다 듣고 있었다.

엄마는 그 가족이 돈도 내지 않고 무임승차를 하고 있다는
생각에 화가 나는 모양이었다. 그래서 엄마는 해설자의 설명을
듣지 못하게 조치를 취했다. 결국 그 가족들은 눈치를 채고
재빨리 자리를 떴다.

여보요, 여보요!
훠이, 훠이, 훠이!

짝짝
짝짝
짝짝

그즈음 나는 뜨거운 태양을 피해 실내로 들어가고 싶은
마음뿐이었다. 하지만 들어간 등대 안은 온도가 밖이랑 별
차이가 없이 더웠다.

나는 등대 안으로 들어가면 1층에서 꼭대기까지 타고 갈 수
있는 승강기가 있을 거라고 생각했지만, 그건 나의 착각이었다.
우리는 **계단**을 걸어 올라가야만 했다. 때마침 9시 30분에
입장했던 관람객들이 투어를 끝내고 계단을 통해 아래로
내려오고 있었다. 결국 계단이 사람들로 꽉 차 오도 가도 못
하는 지경이 되었다.

후끈거리는 열기와 다닥다닥 뒤엉킨 사람들로 인해 참을 수
없을 만큼 숨이 막혔다.

마침내 겨우겨우 꼭대기에 도착했을 때, 나는 신선한 공기가 절실하게 필요했다.

꼭대기에 올라온 지 겨우 몇 분밖에 안 된 것 같은데 해설자가 아래로 내려갈 시간이라고 말했다. 이렇게 힘들게 올라왔는데! 나는 **절대** 움직일 생각이 없었고, 어디 한번 끌어내 보라는 마음으로 버티며 고집을 피웠다.

분명 등대 탐방 중간에 이렇게 돌발 행동을 한 사람이 내가
처음은 아닌 모양이었다. 해설자들은 이런 상황에 대비해 이미
훈련을 받았던 게 분명했다.

이번 경험을 통해 앞으로 두 번 다시 등대를 찾는 일이 없었으면
했다. 한편 엄마는 기념품 가게에 들어가 도무지 나올 줄을
몰랐다. 올 크리스마스 때 가족들이 어떤 선물을 받게 될지
충분히 짐작이 가고도 남았다.

화요일

오늘 저녁만큼은 나가서 먹고 싶은 마음이 굴뚝같았지만 어제 먹고 남은 음식으로 다 같이 저녁을 해결했다. 흠, 적어도 식구들 **대부분**은 그랬다. 다만 대즐은 입맛이 아주 고급인 모양이었다. 그래서 안 먹으면 안 먹었지, 다시 데운 스파게티는 절대 입에 대지 않으려고 했다.

그래서 빈센트 아저씨가 집 뒤에 있는 피크닉용 그릴에서 대즐을 위해 스테이크를 구웠다. 그러더니 구운 고기를 화장실 창문을 통해 안으로 전달했다. 나는 지지리 운도 없었다. 저녁 식사 시간이 공교롭게도 내가 화장실을 이용하는 시간과 겹쳤다.

먹다 남은 음식을 싫어하는 강아지의 마음을 충분히 이해할 수 있다. 나도 마찬가지이기 때문이다.

최근 들어 엄마는 일요일 밤에 일주일 동안 우리가 먹을 끼니를 전부 미리 만들어 둔다. 그 말은 수요일이나 목요일쯤 되면 우리는 이미 같은 음식을 두 번 혹은 세 번 먹게 된다는 뜻이다.

그러다 금요일 밤에는 일주일치 먹거리에서 남은 음식이 있으면, 엄마는 그 음식들을 뒤섞어서 마치 새로운 음식인 양 식탁에 올린다. 여행을 떠나기 바로 전날에도 엄마는 주중에 먹고 조금씩 남아 있던 라자냐, 미트로프, 호박, 타코 샐러드를 몽땅 믹서에 넣고 갈았다.

갓 요리한 음식보다 남은 음식을 데워 먹을 때 더 맛있다고 하는 사람들도 있다. 하지만 나는 절대 그렇게 생각하지 않는다.

아빠도 잔반 처리하는 것을 그다지 좋아하는 것 같진 않지만 아빠는 단 한 번도 그런 말을 **입 밖으로** 내뱉은 적은 없다.

하지만 가만히 생각해 보면 묘하게도 아빠는 꼭 금요일 밤마다 번번이 퇴근이 늦는다. 그런데 어쩐지, 나는 그게 꼭 우연만은 아니라는 느낌이 든다.

길이 무지하게 막히더라고!

저녁을 먹고 설거지를 끝낸 다음 엄마는 예전에 가족들이 비치 하우스에 놀러 오면 했던 것처럼 다 함께 모여 앉아 보드게임을 하자고 했다.

하지만 우리 엄마 때문에 낮에 등대 탐방을 하며 힘들게 고생한 일로, 다들 엄마를 원망하는 마음이 다 가시지 않은 상태였다. 이제는 누구도 억지로 등 떠밀리는 기분으로 놀고 싶지는 않았다. 다들 아무것도 신경 쓰지 않고 편안하게 텔레비전이나 보고 싶은 마음에 거실로 나갔다.

하지만 뛰는 놈 위에 나는 놈 있다고, 텔레비전 리모컨이 우리 엄마 손에 있었다.

결국 우리는 부엌 식탁에 모여 앉았다. 엄마는 수납장에 있던 낡은 보드게임을 꺼내 왔다.

가장 먼저, 한 사람이 종이에 그림을 그리면 나머지 사람들이 그 그림이 무엇인지 알아맞히는 게임을 했다. 하지만 그림 알아맞히기 게임은 채 한 바퀴도 돌기 전에 끝나 버렸다. 말빈이 종이에 상스러운 그림을 그렸기 때문이다.

그다음에는 두 팀으로 나누어 카드에 적힌 단어를 맞히는 게임을 했다. 각 팀 대표에게 '비밀 단어'가 적힌 카드를 주고 팀원들은 제한 시간 안에 질문을 하며 무슨 단어인지 맞히면 된다.

이 게임의 묘미는, 카드에는 비밀 단어 외에도 팀 대표가 팀원들의 질문에 답을 할 때 절대 언급하면 안 되는 또 다른 단어들이 함께 적혀 있다는 점이다. 만약 답을 하다 금지된 단어를 언급하면 상대 팀에서 버저를 눌러 멈출 수 있다.

어쩌다 보니 분위기가 엉망진창이 되었다. 식구들이 게임과는 전혀 상관없이 아무 때나 버저를 눌러 대기 시작했기 때문이다. 케이키 이모가 게임 하던 도중, 또 불쑥 10대 시절 우리 엄마가 자기 남자 친구를 가로챘다는 이야기를 꺼내자 엄마가 버저를 눌러 이모의 말을 끊어 버렸다.

엄마가 케이키 이모의 말을 중간에 잘라 버려 다행이다 싶었다. 아니, 어떤 자녀가 부모님이 예전에 만났던 사람에 대해 알고 싶겠는가 말이다.

엄마는 계속 게임을 하기 위해 다른 보드게임 상자를 꺼냈다. 전에는 본 적 없던 게임이었는데, 상자는 너덜너덜해 부서지기 직전이었다. 엄마는 그 상자를 얼른 옆으로 치우더니 또 다른 보드게임 상자로 손을 뻗었다.

그런데 상자를 본 아빠가 굉장히 신나 보였다. 아빠가 어렸을 때 가족들과 함께 즐기던 게임이라고 했다.

그건 '남작의 거리'라는 게임이었다. 아빠는 거리의 땅을 다 사들여서 다른 사람들을 파산시키면 이기는 게임이라고 설명해 주었다.

설명을 들은 식구들은 구미가 당겼는지 남작의 거리를 무척 해 보고 싶어 하는 눈치였다. 하지만 우리 엄마는 예외였다. 엄마는 이건 사람들을 탐욕스럽게 만드는 게임이라고 했다.

그러더니 엄마는 다른 보드게임을 꺼내 왔다. 바다에 사는 동물에 관한 흥미로운 사실이 적혀 있는 카드를 한 사람이 읽어 주는 게임이었다.

다행히도 우리에게는 버저가 있었다. 로드릭 형은 주저하지
않고 버저를 사용했다.

흰긴수염고래 한 마리의 혀
무게가 코끼리 한 마리의 몸무게와
같다는 사실을 알고 있니?

빽

하지만 다른 식구들은 하나같이 이 게임 대신 '남작의 거리'
게임을 해야 한다고 생각했다. 엄마는 엄마의 의견을
묵살당해서 몹시 기분이 상했는지, 책이나 읽다가 잠자리에
들겠다며 방으로 쏙 들어가 버렸다.

거실에 남은 우리는 남작의 거리 상자를 열어 안에 들어 있는
모든 구성품을 꺼냈다. 하지만 시작하자마자 곤란한 문제와
맞닥뜨렸다. 게임에 필요한 말이 충분하지 않았기 때문이다.
다들 질세라 보이는 대로 각자 말을 주워 챙겼다.

개리 삼촌은 용케 카우보이모자를 챙겼다. 그런데 매니가
그 모자를 무척이나 눈독 들이고 있었던 모양이다. 매니는
카우보이모자를 빼앗아 부엌 찬장 꼭대기로 도망쳐 올라갔다.
결국 개리 삼촌이 모자를 양보하겠다고 말하고 나서야 매니는
부엌 찬장에서 내려왔다.

말콤과 말빈은 둘 다 마차를 가지고 싶어 해 둘이 한 팀이
되었다. 나는 행동이 굼떠서 게임에 필요한 말을 하나도 챙기지
못했다. 그래서 나는 그레첸 이모 지갑에 들어 있던 지저분한
동전을 말로 대신할 수밖에 없었다.

그런데 개리 삼촌이 준비한 말에 비하면 다른 사람들의 말은
아주 양반이었다. 삼촌은 누군가 식탁 아래에 흘린 미트볼
4분의 1쪽을 말로 사용했기 때문이다.

일단 모든 참가자들이 게임에 필요한 말을 각자 준비했다.
그다음 할 일은 게임의 규칙을 숙지하는 일이었다. 하지만
아빠의 설명을 듣다 보니 이 게임에 관련된 모든 규칙을
속속들이 다 이해하려면 대학 졸업장이 필요한 게 아닌가
싶어졌다. 나는 게임을 실제로 해 보면서 찬찬히 규칙을
배우기로 했다.

자, 지금부터 게임 규칙을 설명할게요. 만약
주사위 두 개를 굴려서 '9'가 나왔다고 칩시다. 여기에서
주사위 두 개를 곱한 값이, 여러분이 가진 가장 비싼
땅에 세운 호텔의 수보다 적으면 두 주사위 숫자를 더한
칸만큼 말을 뒤로 되돌려야 해요. 참 쉽죠?

다들 이 게임의 기본 규칙은 이해했다. 거리의 모든 땅을
소유하게 된 사람이 게임에서 승리하게 된다는 것. 그래서
게임 이름을 '남작의 거리'라고 붙인 모양이다.

우리는 게임에서 가장 빨리 탈락하는 사람이 벌칙을
받아야 한다는 의견에 동의했다. 그래서 가장 먼저 파산하는
사람에게 어떤 벌칙을 내릴지에 대해 이런저런 의견이
마구마구 쏟아졌다.

로드릭 형은 탈락하는 사람의 눈썹을 밀어 버리는 건 어떠냐는
의견을 냈다. 하지만 다른 사람들이 그건 너무 극단적인
벌칙이라며 반대했다. 개리 삼촌은 3.7리터짜리 마요네즈 한
병을 먹게 하자는 벌칙을 제안했다. 하지만 그건 어쩐지 건강을
해치는 위험한 벌칙 같아서 받아들여지지 않았다.

그때 케이키 이모가 신박한 아이디어를 냈다. 이모는 가장 먼저
탈락한 사람에게 다음 날 거리로 나가 사람들 앞에서 노래를
부르는 벌칙을 주자고 했다. 그리고 지나가는 사람들이 던져
주는 돈이 20달러가 될 때까지 계속해야 한다고 덧붙였다.

다들 가장 먼저 탈락하는 사람에게 내릴 만한 적절한
벌칙이라며 입을 모았다. 우리 집안에는 사람들이 모인 장소에서
노래를 부르고 싶어 하는 사람이 아무도 없었기 때문이다.

다만 가장 먼저 탈락하는 사람에 대한 벌칙이 정해지자 게임은
말도 못하게 **치열해졌다.** 일단 게임이 시작되자 다들
사사건건 트집을 잡아 물고 늘어졌다.

그레첸 이모가 가장 먼저 주사위를 굴렸다. 그런데 주사위
하나는 식탁에 떨어지고, 하나는 바닥으로 굴러떨어졌다. 다들
바닥에 떨어진 주사위를 포함시킬 것인가 아닌가를 두고 열띤
토론을 벌였다.

결국 우리는 굴린 주사위가 둘 다 식탁에 놓여 있어야만 숫자를
인정하기로 했다. 그랬는데 바로 그다음 순서에서 로드릭 형이
굴린 주사위 중 하나가 식탁 가장자리에서 아슬아슬하게
멈췄다. 우리는 주사위가 확실히 바닥에 떨어지지 않았다고
결론 내리기 위해 20분이나 기다렸다.

만약 주사위 두 개가 모두 '6'이 나오면 감옥 칸에 들어가 자기 차례가 두 번 돌아올 때까지 갇혀야 했다. 하지만 모든 사람들이 감옥에 갇히는 벌은 조금 더 가혹해야 한다는 점에 한마음으로 동의했다.

그래서 우리는 로드릭 형이 잘 때 사용하는 이동식 아기 침대를 감옥으로 사용해 실제로 들어가기로 했다. 처음으로 감옥에 갇히게 된 사람은 바로 베로니카 이모였다.

게임은 **영영** 끝날 것 같지 않았다. 다들 점점 몹시 지쳐 갔다. 결국 오드리 이모는 중간에 기권하고 자러 가고 싶다고 했다. 이모가 기권을 하면 이모가 가지고 있던 돈과 땅을 우리가 나누어 가질 수 있었다.

하지만 다들 중간에 기권하는 것은 파산하는 것과 똑같이 취급해야 한다고 입을 모았다. 오드리 이모는 거리에 나가 많은 사람들 앞에서 노래를 부르는 게 끔찍하게 싫었던 모양이다. 이모는 커피를 타서 마시고는 다시 기운을 차렸다.

쌍둥이도 쏟아지는 졸음과 힘겹게 싸우고 있었다. 하지만 두 녀석은 번갈아 잠시 눈을 붙이면서 계속 게임에 임했다.

초롱초롱 말짱하게 깨어 있는 사람은 매니뿐이었다.
그래서인지 매니는 게임에서 한창 **이기고** 있었다. 아무도
눈치채지 못하는 사이, 매니는 길 한쪽을 다 사들이고, 어느새 그
위에 호텔까지 잔뜩 세워 놓은 것이다.

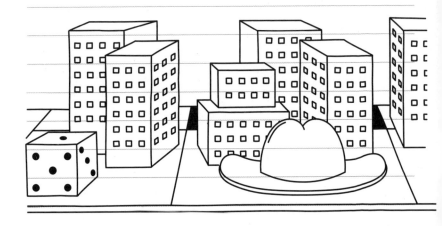

얼마 뒤, 매니는 사들인 땅에 지은 호텔을 잔뜩 소유하게
되어서, 누구든 매니의 땅에 들어갔다가는 그 자리에서
탈락을 하게 될 판이었다. 매니는 자기가 소유한 땅을 무사히
지나가려면 돈을 내라고 하면서 통행료를 걷기 시작했다.
매니가 요구하는 통행료는 결코 **만만치 않았다.**

그러다 결국 다른 사람들은 돈이 거의 바닥났고, 누구도 무사히
매니의 땅을 지나갈 수 있는 통행료를 지불할 여유가 없었다.
그리하여 자진해서 감옥에 들어가겠다고 하는 사람들이
생겼다. 자기 차례를 건너뛰어야 매니 소유의 땅에 들어갈
위험도 줄어들기 때문이었다. 얼마 지나지 않아 아기 침대 감옥
안은 너무 비좁아져서 더는 들어갈 자리가 없었다.

길거리에 나가 많은 사람들 앞에서 노래 부르는 것을 누구보다
가장 싫어했던 사람은 바로 우리 아빠였다. 오죽하면
아빠는 매니에게 회유책까지 제시할 정도였다. 아빠는 만약
다음번에 매니의 땅을 무사히 지나가게 해 준다면 생일 선물로
자전거를 사 주겠다는 약속을 내걸었다. 하지만 매니는
현금으로 미리 달라고 손을 내밀었다.

하지만 당장 수중에 현금이 없던 아빠는 별수 없이 주사위를
던져야 했다. 드디어 아빠가 주사위를 던졌다. 그 순간 모두가
확신했다. 아빠는 매니가 가장 비싼 호텔들을 지어 놓은 곳에
떨어질 것을, 다시 말하면 아빠가 완전 **망했다**는 것을!

우리가 환호하는 소리가 너무 컸던 모양이다. 시끄러운 소리에
자다 깬 방에서 나온 엄마는 영 못마땅한 표정을 지었다.

아빠가 게임에서 탈락한 뒤, 나머지 사람들은 **두 번째로**
탈락하는 사람에게 어떤 벌칙을 주는 것이 가장 좋을지 머리를
맞대고 궁리하기 시작했다. 결국 **그다음** 벌칙으로 머리에
밀크셰이크를 쏟아붓는다면 정말 재미있을 거라는 의견에
다들 찬성했다.

하지만 우리는 초콜릿 맛 밀크셰이크로 할지 딸기 맛
밀크셰이크로 할지 티격태격하다 결론을 내리지 못했다. 우리는
엄마에게 둘 중에서 결정해 달라고 부탁했다. 하지만 엄마는
오늘 밤은 이 정도면 충분히 놀았다며 여기서 그만 **끝내라고**
단호히 말했다.

수요일

어젯밤 우리는 게임을 하며 아주 즐겁게 보냈지만, 엄마만 그렇지 못한 것 같아 괜스레 미안한 마음이 들었다. 그래서 아침에 생각해 놓은 **다음** 계획이 있는지 엄마에게 물었다.

하지만 엄마도 가족을 대신해 계획을 도맡아 짜는 부담감에서 벗어나 휴식을 취하고 싶었던 모양이다. 엄마가 오늘 하루는 각자 알아서 자유롭게 보내라고 했다.

나는 자유로운 하루가 주어져서 기뻤다. 하지만 막상 마음대로 하려니 **무엇을 해야 할지** 아무 생각이 나지 않았다. 갈 데가 아무리 없어도 해변에 갈 마음은 전혀 들지 않았다. 나는 시내를 돌아보기로 했다.

하지만 워낙 길치인 탓에 모르는 곳에 갔다가 길을 잃으면 어쩌나 조금 걱정이 되었다.

엄마는 걱정하는 나를 보더니 자기는 오늘 하루 종일 숙소에
있을 거라고 했다. 그리고 엄마의 스마트폰을 잘 간수하겠다고
약속하면 가지고 나가도 좋다고 했다.

엄마가 나에게 스마트폰을 내어 줄 때, 얼마나 큰맘 먹고
빌려주는 것인지 너무나 잘 안다. 나는 엄마에게 스마트폰에
흠집 하나 나지 않게 조심해서 다루겠다고 약속했다.

그야말로 무덥고 끈끈하고 후텁지근한 날이었다. 밖에서
돌아다니는 건 마치 사우나 안을 걸어 다니는 것과 다를 바가
없었다. 그래서 대로변에 다다랐을 즈음에는 입고 있던 옷이
이미 땀으로 푹 젖어 있었다.

밖에서 돌아다니기에는 날이 너무 더웠다. 솔직히, 무엇보다
아빠와 마주치고 싶지 않았다.

나는 길을 가다 에어컨이 있는 몇몇 가게 안으로 슬쩍
들어갔다. 하지만 가게에서 일하는 직원들은 지나가는
사람들이 더위를 피하기 위해 은근슬쩍 가게에 들어온다는
것을 알고 있었고, 그게 몹시 못마땅한 모양이었다. 나는
쇼핑을 하러 들어온 척했지만 직원들은 전혀 속지 않는
눈치였다.

나는 돈 한 푼 쓰지 않고 시원하게 있을 만한 장소를 찾고 또 찾았다. 그러던 중 시내 중심가를 걸어 다니다 우연히 도서관 앞을 지나가게 되었다. 드디어 딱 내가 원하던 곳이 나타난 것이다.

도서관에서 일하는 사람들이 나가라고 하면 어쩌나 조금 걱정이 되던 나는 '작가와의 만남'이 한창 진행 중인 곳에 들어가 자리를 잡고 앉았다. 그러고는 모든 사람들에게 내가 얼마나 열심히 듣고 있는지 확실하게 보여 주었다.

엄마의 스마트폰을 무음으로 설정해 두었으면 얼마나 좋았을까. 작가가 열심히 강연을 하고 있는데 쉬지 않고 스마트폰이 띵, 띵, 띵, 울리기 시작했다. 나는 어쩔 수 없이 복도로 나와 왜 이렇게 알림이 많이 오는지 확인해 보았다.

혹 위급한 일이 생겨서 나를 찾고 있나 싶어서 더럭 겁부터 났다. 하지만 알림 소리는 이모들이 가족 채팅 방에 메시지를 올리는 소리였다.

혹시 숙소에 올 때, 내 아이스커피 사다 줄 수 있는 사람?

근데 지난번에 사다 준 것도 아직 돈 안 주지 않음?

그건 2년도 더 지난 일이야, 그레첸!

나는 항상 어른들은 채팅 방에 어떤 사진을 올리고 어떤 대화를 주고받을까 궁금했었다. 대화창을 위로 올리면서 오래전에 주고받은 메시지까지 죽 훑어봤지만, 거의 대부분 쓸데없고 시시하기 짝이 없는 내용뿐이었다.

간혹 건강 상담 등 진지한 메시지가 뜨문뜨문 올라오는 경우도 있었다. 하지만 오래전 메시지까지 찾아 읽지 않는 게 좋았을걸 싶다. 어떤 메시지 내용은 머릿속에서 기억을 싹 지워 버리고 싶을 정도였으니까.

가족 채팅 방의 대화는 대부분 시시껄렁한 아재 개그였다. 어른들은 그런 농담이 재미있는 모양이다.

어쨌든 빈센트 아저씨가 참 불쌍하다. 아저씨는 우리에게 가족 채팅 방에 초대해 달라고 부탁했는데, 아직 정식 가족이 아니어서 초대를 받지 못했다.

하지만 어른들이 어떤 내용들을 주고받는지 두 눈으로 직접 본 내가 장담하는데, 그 채팅 방에 초대를 받지 못했다고 해서 전혀 아쉬워할 게 없다.

문제는 일단 가족 채팅 방에 한번 들어가면 절대 **빠져나올** 수 없다는 거다.

노아 아저씨와 베로니카 이모는 몇 년 전에 헤어졌는데도 가족 채팅 방에는 여전히 노아 아저씨가 대화 상대로 남아 있다. 내가 확신하는데, 아저씨가 여전히 채팅 방에 남아 있는 이유는 가족 그 누구도 채팅 방에서 대화 상대를 **강제 퇴장시키는** 방법을 몰라서이다.

그러니 노아 아저씨는 우리 집안의 최근 소식까지 다 꿰고 있을 거다. 분명, 제발 **몰랐으면** 하고 바라고 있을지도 모른다.

심지어 **강아지** 녀석도 가족 채팅 방에 들어가 있다. 대즐이 직접 메시지를 올리는지 아니면 다른 사람이 대신 써서 올리는지는 확실하지 않다.

요즘 나는 내가 대즐처럼 소셜 미디어에서 유명한 스타가 되고, 그래서 나를 전담하는 팀이 생긴다면 얼마나 좋을까 하는 생각이 종종 든다. 그런데 문득 그렇게 될 수 있는 기회가 나에게 생겼다는 것을 깨달았다. 지금 내 손에는 **스마트폰**이 들려 있었으니까.

나는 어떻게 해야 내 소셜 미디어 계정에 구독자가 늘어날지 이리저리 궁리했다. 너나 나나 할 것 없이 **모든 사람들이** 자신의 소셜 미디어 계정에 일상을 올린다. 그러니 그중에서 두각을 나타내기란 여간 어려운 일이 아니다.

처음에는 비디오 게임 리뷰 영상을 올릴까 생각했다. 하지만 이미 수백만 명이 게임 리뷰 영상을 올리고 있었다.

역시나 소셜 미디어 세계에서 엄청난 관심과 인기를 얻기 위해서는 지금까지 아무도 시도하지 않았던 분야를 찾아내야 한다는 걸 깨달았다. 또 그 세계에서 내가 독보적인 위치에 오르려면 그 누구보다 창의적이어야 했다.

사람들이 일상에서 사용하는 제품에 대해 리뷰하는 것도 아주 좋은 방법일 것 같았다. 그 제품을 만드는 회사에서 공짜로 제품을 보내 줄 테니 말이다. 생각해 보니 사람들이 베개에 대해 리뷰를 하는 영상을 본 적이 없었다.

만약 내가 베개 분야의 인플루언서가 된다면 그야말로 잠을 자면서 돈을 벌 수 있는 거다.

하지만 현실적으로 엄마의 스마트폰을 오래 갖고 있을 수 없었다. 나는 최대한 **빠른 시간** 안에 수많은 구독자를 얻을 방법을 생각해 내야만 했다.

그러다 갑자기 좋은 생각이 떠올랐다. 루티넥 섬에는 아이스크림 가게가 셀 수 없이 많다고 들었다. 나는 다양한 아이스크림을 시식해 보고 그 맛에 대한 리뷰를 올려 보기로 했다.

하지만 역시나 아이스크림 맛 리뷰를 올리는 사람도 많았다. 그러니 그중에서도 우위를 차지하려면 나만의 특별한 전략이 필요했다. 고민 끝에, 일인자가 될 수밖에 없는 멋진 전략을 생각해 냈다.

그 누구도 다른 사람이 아이스크림콘 하나를 먹어 치우는 모습을 끝까지 보고 싶어 하지는 않을 것 같았다. 그래서 나는 혀로 딱 한 번 핥아 보고 맛을 평가한다는 원칙을 세웠다.

전략을 세웠으니, 이제 실행에 옮기기만 하면 되었다. 나는 도서관과 가까이 있는 아이스크림 가게로 들어가 내 채널에 아이스크림 맛을 리뷰하는 영상을 올릴 건데 영상으로 찍을 아이스크림콘 서너 개가 필요하다고 말했다.

하지만 아이스크림 가게 직원은 아이스크림을 먹고 싶으면 돈을 내고 사 먹으라며 정색했다. 인플루언서들이 공짜로 제품을 협찬받아 일을 한다는 것을 모르는 것 같았다. 내가 가게를 무료로 홍보할 수 있는 기회를 놓치고 있는 거라며 차분하게 설명해 주었지만 직원은 꿈쩍도 하지 않았다.

나는 가게에서 나와 한 블록 떨어져 있는 또 다른 아이스크림 가게로 들어갔다. 하지만 그곳도 똑같은 반응을 보였다. 대체 아이스크림을 파는 사람들은 소셜 미디어에 대한 지식이 있는 건지 없는 건지 답답하기만 했다.

그러다 드디어 작은 숟가락으로 아이스크림 무료 시식을 하게 해 주는 가게를 찾아냈다. 그렇게 작은 숟가락을 쓰면 카메라에 폼 나게 나올 것 같진 않았지만 어떻게 해서든 일단 나는 시작해야만 했다.

짠맛과 감칠맛이 완벽하게 섞여 있네요. 그리고 은은한 참나무 향도 참 잘 어울려요. 이것은 마치 길고 긴 여름 저녁 가장 친한 단짝 친구와 현관 계단에 앉아 노닥거리던 바로 그때의 소박한 추억을 떠오르게 하는 맛이에요.

드디어 나는 아이스크림 맛 리뷰 영상을 소셜 미디어에 올렸다. 그러고는 사람들의 반응을 기다려 보았다.

반응을 기다리다 문득 리뷰하는 범위를 '한 번 핥기 아이스크림'으로 너무 좁힌 게 아닌가 하는 걱정이 들었다. 평가의 범위를 좀 더 다양하게 넓힐 수도 있지 않을까?

아이스크림 맛이 다양하긴 하지만 결국에는 한계가 있을 거다. 분명히 어느 시점에 이르러서는 더 이상 평가할 아이스크림이 남아 있지 않을 터였다. 그래서 나는 내 소셜 미디어 계정을 계속해서 키우기 위해, 리뷰 대상을 혀로 핥아 먹을 수 있는 다른 음식으로 확장해야 할 것 같았다.

하지만 그건 나중에 생각해 볼 문제였다. 지금 당장은 구독자 수가 기대치에 못 미치기 때문이었다.

한 번 핥기
아이스크림 맛 리뷰

0
구독자

내가 원하는 건 몇몇 유명 인사가 내 계정을 구독해 주는 일이었다. 그렇게만 되면 유명 인사의 팬들이 내 계정을 따라 구독하게 될 테니까. 하지만 나에게 그런 인맥이 있는 것도 아니어서 생각처럼 쉬운 일은 아니었다.

그때 문득, 나도 한 유명 인사를 아주 잘 알고 있다는 사실이 떠올랐다. 비록 그 유명 인사가 사람이 아닌 강아지이긴 하지만 그래도 유명 인사는 유명 인사니까.

멋쟁이 강아지 대즐

380만
구독자

대즐이 자신의 채널에서 '한 번 핥기' 계정에 대해 베로니카 이모한테 언급해 줄 수 있는지 부탁해 볼까 했다. 그러다 어디선가 그렇게 하려면 인플루언서들에게 일정 금액을 **지불해야** 한다는 말을 들은 기억이 났다. 어쩐지 나는 이모가 요구하는 액수를 맞춰 줄 수 없을 것 같았다.

이런저런 고민을 하던 중 돈 한 푼 안 낼 수 있는 **훨씬 좋은 방법**이 생각났다. 엄마의 스마트폰에서 대즐의 사진 한 장을 찾아냈기 때문이다. 나는 대즐이 나온 부분을 잘라 내 사진 옆에 붙였다.

그러고는 그 사진을 나의 새 프로필 사진으로 올렸다.

그런데 프로필 사진을 바꾸고 나서 스마트폰만 들여다보며 걷다가, 내가 그만 남의 집 마당까지 걸어 들어갔던 모양이다. 루티넉 섬에 사는 토박이들은 휴가철마다 뜨내기들이 툭하면 남의 마당까지 들어오는 일이 자주 일어나서인지 아주 질색을 했다.

호스로 물벼락을 맞은 게 그리 나쁘지만은 않았다. 하루 종일 뙤약볕 아래에서 돌아다니다 시원하게 땀을 식힐 수 있어 반갑기도 했다. 하지만 덕분에 아주 중요한 사실도 하나 배웠다. 물과 전자 제품이 만나면 좋을 게 없다는 거였다.

목요일

어젯밤 엄마에게 젖은 스마트폰을 내밀자, 엄마의 첫마디는
스마트폰을 쌀 봉지에 넣어 두라는 소리였다. 엄마는 쌀알이
습기를 빨아들일 거라고 하면서 스마트폰을 다시 작동시키려면
그 방법만이 유일한 희망이라고 했다.

사실 어처구니없는 방법처럼 들렸지만, 엄마가 스마트폰을
물에 적셨다고 화를 내지 않은 것만으로도 얼마나
다행이었는지.

그런데 엄마가 내가 사고 친 걸 그렇게 쉽게 넘어가 준
이유가 있었다. 그때 엄마는 가족사진 촬영을 위해 식구들을
준비시키느라 정신이 없었다.

일기 예보에서 오늘 저녁의 석양이 아주 아름다울 거라고 했다.
엄마는 다 같이 저녁 식사를 한 뒤 해변으로 사진을 찍으러
나가자고 했다. 그러면서 한 명도 빠짐없이 깨끗하게 씻고 옷도
말끔하게 갖추어 입기를 바랐다.

그런데 문제가 생겼다. 아래위로 입을 흰옷을 아무도 챙겨 오지 않았던 것이다. 할머니가 해변에서 가족사진을 찍을 때 모두 흰옷을 입으라고 신신당부했었는데말이다. 설상가상 옷 가게들이 곧 문 닫을 시간이었다. 쇼핑을 갔다 와서 저녁 준비까지, **두 가지를 모두** 할 시간적 여유가 없었다.

그레첸 이모가 아이디어를 냈다. 이모는 어른들이 옷을 사러 간 사이 아이들이 저녁 준비를 하면 어떻겠냐고 했다. 듣기만 해도 끔찍했다. 그런데 무슨 이유에서인지 어른들 모두 아이들이 저녁 준비를 할 수 있을 거라고 생각했다.

어른들이 옷을 사러 갔으니 이제 우리들은 알아서 저녁 준비를 해야 했다. 우리는 가장 먼저 냉장고에 어떤 재료들이 있는지 확인했다. 나는 먹다 남은 스파게티가 있으면 그걸 데워 저녁을 해결하고 싶었다. 하지만 이미 개리 삼촌이 남아 있던 스파게티를 몽땅 먹어 치운 모양이었다.

그래서 우리는 냉장고에 남은 식재료로 음식을 만들어 보기로 했다. 다만 문제는 마요네즈, 샐러드드레싱, 메이플 시럽으로 만들어 낼 수 있는 음식이 그리 많지 않다는 점이었다.

하지만 쌍둥이에게 부족한 식재료 따위는 문제가 아니었나 보다. 두 녀석은 이미 이리저리 부산스럽게 움직이고 있었다. 둘은 식료품 창고에서 찾은 식재료들을 도자기로 된 큰 그릇에 넣고 섞기 시작했다. 만약 내가 녀석들을 예의 주시하고 있지 않았다면 엄마의 스마트폰도 식재료가 되어 버렸을 거다.

로드릭 형은 쌍둥이가 만들고 있는 음식이 영 미덥지 않았는지 냉동실에 꽁꽁 얼어 있던 피자를 하나 꺼내 오븐에 넣었다.

매니도 자기가 먹을 음식을 알아서 만들고 있었다. 아마도 매니는 아침 식사를 만들려 했던 모양이다. 매니는 팬케이크, 달걀, 베이컨으로 요리를 하기 시작했다. 하지만 이 모든 재료를 프라이팬이 아닌 가스레인지에다 바로 올려 익히려는 바람에 부엌이 엉망진창이 되었다.

엉망진창이라는 말이 나와서 말인데, 말콤과 말빈이 어디선가 핸드 믹서를 가져와 식재료를 갈아 버리는 바람에 주변이 더러워졌다. 두 녀석은 핸드 믹서를 어떻게 다루는지 전혀 몰랐던 것 같다.

이 난장판 속에서 로드릭 형은 꿋꿋이 피자를 구웠다. 그러다 실수로 오븐의 다이얼을, 굽기를 가리키는 '베이크'가 아니라 오븐을 청소하는 '자동 세척'으로 설정해서 오븐의 온도는 거의 500도에 임박하고 있었다.

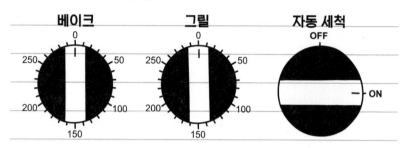

베이크 **그릴** **자동 세척**

일단 자동 세척 기능이 시작되면 오븐 작동을 멈출 방법이 없다. 그래서 로드릭 형과 나는 냉동 피자가 오븐 안에서 시커멓게 타도 할 수 있는 일이 아무것도 없었다.

로드릭 형은 연기 때문에 화재경보기가 울릴까 봐 걱정했다. 그래서 화재경보기 근처에 있는 연기를 멀리 날려 보내려고 싱크대 위로 올라가 계속 부채질을 했다.

일단 상황이 더 심각해지는 걸 막긴 했다. 하지만 이번 일로 어른들에게 바라는 것이 생겼다. 아이들에게 부엌을 맡기기 전에, 제발 신중히 생각에 생각을 거듭해 주었으면 좋겠다.

재난급 난장판이 벌어지니 좋은 일도 한 가지 생겼다. 우리가 남아 있던 모든 식재료를 다 써 버려서 엄마는 우리에게 단 한 가지 선택권밖에 없다고 했다. 그건 바로 외식이었다. 이곳에 처음 도착했을 때부터 내가 얼마나 듣고 싶은 말이었던가!

물론 우리 가족에게 순조롭게 이루어지는 일은 하나도 없다. 엄마 말이 떨어지기 무섭게 다들 어느 식당으로 갈 것이냐를 두고 또다시 언쟁을 벌이기 시작했다.

케이키 이모는 해산물을 파는 식당으로 가자고 했다. 하지만 엄마는 루테닉 섬으로 오는 배에서 얼마나 많은 사람들이 바다에 토했는지 잊었냐며, 아마 물고기 떼가 그 토사물을 다 먹어 치웠을 거라고 했다. 그 소리를 듣자 다들 해산물을 먹고 싶은 생각이 싹 사라졌다.

로드릭 형은 '건방진 녀석들'이라는 레스토랑을 원했다. 거긴 종업원이 손님에게 함부로 대한다고 한다. 다행히 형의 제안에 솔깃해한 사람은 아무도 없었다.

베로니카 이모는 대즐도 같이 먹을 수 있도록 반려견 동반이
가능한 식당으로 제안했다. 하지만 우리 가족은 언젠가 그런
식당에 간 적이 있었다. 강아지들이 먹을 것을 달라고 얼마나
끙끙대던지 유쾌한 기억은 아니었다.

결국 언쟁하다가 시간을 너무 허비한 나머지, 그사이 딱
한 곳만 빼고 모든 식당의 예약이 다 차 버렸다. 그곳은
'토마토 궁전'이라는 뜻의 팔라초 포모도로라는 프랜차이즈
식당으로 텔레비전 광고를 자주 하는 곳이었다.

여기저기에서 많이 들어 본 곳이라 나는 무척이나 가 보고 싶었다. 우리 집안 남자들도 다 같은 생각이었다. 하지만 엄마와 이모들이 반대했다. 할머니가 팔라초 포모도로를 끔찍하게 **싫어했기** 때문이다.

엄마 말에 따르면 텔레비전에 그 식당 광고가 나올 때마다 할머니가 늘 못마땅하게 생각했다고 한다. 싸구려 식재료만 사용하고 진정한 집밥이 무엇인지 전혀 모르는 식당이라고 하면서 말이다. 심지어 엄마와 이모들에게 절대 그 식당에 가서 먹지 않겠다는 맹세까지 받았다고 했다.

하지만 모두들 **배가 고파** 눈이 돌아갈 지경이었다. 그리고 우리에게는 다른 대안이 없었다. 상황이 상황인지라 엄마와 이모들도 팔라초 포모도로에 가자고 동의했다. 단, 절대 할머니에게는 그 식당에 갔다는 이야기를 꺼내지 않겠다는 약속을 우리에게 받아 냈다.

원래 계획은 저녁 식사를 마치자마자 가족사진을 찍으러 가는 것이었다. 그래서 우리는 새로 산 흰색 옷을 입고 식당으로 갔다. 마치 보이 밴드처럼 온 가족이 똑같은 옷을 입고 거리를 걸어가자니 조금 부끄러웠다.

엄마가 식당에 미리 전화로 예약을 했다. 그런데 막상 식당에 도착하니 직원이 예약 명단에는 우리 이름이 없다는 거다! 그러면서 빈자리가 날 때까지 기다려야 한다면서 아마 1시간 이상 기다려야 할지도 모른다고 덧붙였다.

우리 가족은 대기실에 앉아 어떻게 해야 할지 머리를 맞대고 궁리했다. 엄마는 자꾸 시간만 허비하는 것 같다며 무척 스트레스를 받는 것 같았다. 빨리 저녁을 먹지 않으면 석양이 지는 시간에 맞춰 해변에 도착할 수 없었다. 그렇다고 해변에 가서 사진을 먼저 찍고 그 이후에 저녁을 먹기로 한다 해도, 우리를 받아 줄 식당은 없을 것 같았다.

그러다 엄마는 접수를 받는 직원이 매니저에게 단체 손님 한 팀이 예정보다 30분이나 늦을 것 같다고 전하는 말을 우연히 어깨너머로 들었다. 그때 케이키 이모에게 번뜩 좋은 생각이 났다.

그다음에 내 눈에 보인 사람은 빈센트 아저씨였다. 아저씨는 직원에게 다가가 자신이 아직 도착하지 못한 단체 손님 중 한 사람이라고 말하고 있었다. 도둑이 제 발 저린다고, 빈센트 아저씨는 불편한 마음에 쩔쩔매고 있었다.

우리 식구 대부분은 다른 사람인 척 시치미 떼고 앉아 있는 상황을 찜찜해하는 것 같았다. 하지만 가까스로 얻어 낸 식당 예약을 날려 버리고 싶지는 않았다. 그래서 우리는 애써 불편한 마음을 이겨 내고 주어진 기회를 되도록 즐기려고 노력했다.

메뉴를 잠시 훑어본 다음 우리는 주문을 했다. 스파게티로 유명한 곳이었지만 나는 스테이크를 먹기로 했다. 스파게티를 주문한 사람은 빈센트 아저씨뿐이었다. 빈센트 아저씨는 드디어 자신도 미트볼을 먹을 수 있게 되어 무척 신이 난 모양이었다.

웨이터가 식전 빵을 가져왔다. 하지만 나는 이번만큼은 메인 코스 전에 다른 음식으로 배를 채우지 않을 생각이었다. 대즐에게도 미리 귀띔을 해 주었으면 좋았을걸. 대즐은 식당이 처음인지라 초보자들이 흔히 하는 실수를 저지르고 있었다.

다들 기분이 좋아 보였다. 그리고 내 기억으로는 아마도 이곳에 와서 처음으로 가족들 간의 대화가 아주 화기애애하게 흘렀던 것 같다. 특히 내가 보기에는 그 누구보다 케이키 이모가 가장 즐거운 시간을 보내고 있는 것 같았다.

케이키 이모는 엄마에게 드디어 수년 전 자신의 남자 친구를 가로챘던 일을 용서할 마음의 준비가 되었다고 말했다. 물론 엄마도 케이키 이모가 마음의 응어리를 털어 내고 생각을 바꾼 것이 다행이다 싶은 눈치였다. 하지만 결국 또 그 주제를 꺼낸 상황은 썩 달가워하지 않았다.

하지만 그때 개리 삼촌이 청천벽력 같은 말을 던졌다. 내가 살면서 절대 잊지 못할 한마디였다.

너희 아빠가 한때 케이키 이모와 사귀었다고 말한 적이 있던가?

지금까지 단 한 번도 케이키 이모의 전 남자 친구가 **우리 아빠**였을 거라고는 꿈에도 상상하지 못했다. 나보다 더 큰 충격을 받은 사람은 로드릭 형이었다. 형은 너무 놀라 마시고 있던 아이스티를 내뿜었다.

거기서 **끝**이 아니었다. 개리 삼촌은 다 같이 앉아 있는 자리에서 옛날 일을 줄줄 늘어놓기 시작했다. 아빠가 예전에 루티넥 섬에서 인명 구조원으로 일할 때 케이키 이모를 만나 둘이 사귀기 시작했다는 거다. 그러다 케이키 이모가 아빠를 가족들에게 인사시켰는데, 그만 **우리 엄마도** 아빠에게 한눈에 반했다는 이야기였다.

그런데 아빠도 케이키 이모보다 엄마에게 더 마음이 갔었나 보다. 그러니 삼각관계가 얼마나 복잡하게 얽혔겠는가. 두 자매는 우리 아빠를 두고 치열한 싸움을 벌였고, 결국 할머니가 나서서 두 사람을 뜯어말려야 했다.

할머니가 봐도 정작 사랑에 빠진 사람은 우리 엄마와 아빠였기에, 할머니는 두 사람이 이어지는 게 맞다고 결론을 내렸던 것이다. 나름 일을 공정하게 처리하기 위해 할머니는 우리 엄마에게 '네가 가장 좋아하는 선글라스와 길거리 축제에서 상품으로 받은 인형을 케이키에게 주어야만 한다' 라는 판결을 내렸다고 한다.

혹시나 **자기** 집안에 이렇게 엄청나고 흥미진진한 비밀이
있다면 정말 재미있겠다고 생각한 사람들에게 내가 한마디 해
주겠다. 이런 일은 절대 있어서는 안 된다!

개리 삼촌의 폭탄 발언 이후 다들 무슨 말을 해야 할지 몰라
조용해졌다. 그래서 음식이 나왔을 때, 다들 끽소리 없이 밥만
먹었다.

어른들 중에서 우리 아빠와 케이키 이모가 서로 사귄
적이 있었다는 사실을 전혀 모르고 있었던 사람은 빈센트
아저씨뿐이었다. 아저씨는 밥맛이 뚝 떨어진 표정이었다.

그 와중에 베로니카 이모는 양해도 구하지 않고 빈센트 아저씨
그릇에 있던 미트볼을 하나 꾹 찍어 먹었다. 그런데 미트볼을
한입 베어 먹은 이모의 표정을 보니, 뭔가 심상치 않았다.

그러더니 베로니카 이모는 빈센트 아저씨의 접시를 가족들에게
쭉 돌렸다. 어느새 모든 식구들의 입에 미트볼이 들어가 있었다.
그리고 우리는 모두 정확하게 똑같은 생각을 하고 있었다.
'이건 우리 할머니가 만든 미트볼이잖아!'

그건 팔라초 포모도로 식당이 우리 할머니의 비밀 레시피를 손에
넣었다는 뜻이다. 엄마와 이모들은 이 식당에 할머니의 레시피를
팔아먹은 게 아니냐며 서로를 추궁하기 시작했다. 하지만 모두
자신은 그런 적 없다며 강력하게 부인했다.

급기야 엄마와 이모들은 식당 주방으로 쳐들어갔다. 나머지
식구들은 무슨 일이 벌어질지 구경하기 위해 따라 들어갔다.
엄마와 이모들은 셰프에게 직접 찾아가 미트볼의 비밀 레시피를
어떻게 훔친 건지 당장 말하라고 닦달했다. 셰프는 아무것도
모르는 척 시치미를 뗐다.

그러다 식당 매니저가 이 광경을 보게 되었다. 식당 매니저는
심지어 우리 가족에게 당장 식당에서 **나가지 않으면** 경찰을
부르겠다고 협박까지 했다.

어수선한 틈에 대즐이 그만 스테인리스 냉장고 문에 비친 자기
모습을 보게 되었다. 다시 말하면 드디어 대즐이 자신은 사람이
아니라는 사실을 알게 되었다는 말이다.

결국 식당 매니저는 우리를 식당 주방에서 쫓아냈다. 주방에서 실랑이하는 동안, 우리가 예약을 가로챘던 바로 그 가족이 때마침 식당에 도착했던 모양이다. 그 가족은 우리 테이블에 앉아 우리가 주문한 음식을 멋대로 먹어 치우고 있었다.

등대 탐방 때 얌체같이 행동해 신경에 거슬렸던 바로 그 가족이었다. 순식간에 식당은 그야말로 아수라장이 되었다.

사태가 이 지경에 이르자 식당 매니저는 **정말로** 경찰을
불렀다. 경찰은 현장에 출동해 사태를 진정시키려 애썼다.
아마도 우리 가족 최고의 순간이라고 말할 수는 없을 것 같다.

경찰은 식당에 있던 모든 사람들을 일일이 심문했다. 빈센트
아저씨는 경찰에게 자기는 우리 가족과 전혀 모르는 사이라고
말했다. 그러자 경찰은 아저씨를 순순히 보내 주었다. 하긴,
그날 밤 벌어진 일을 생각하면 우리 집안과 인연을 끊기로
작정한 아저씨를 탓할 수는 없다.

하지만 그게 **다가 아니었다**. 경찰은 우리와 싸움을 벌였던 그 가족을 일일이 심문하더니 그들은 순순히 보내 주었다. 하지만 우리 차례가 되어 엄마가 경찰에게 이름을 밝힌 순간, 경찰은 대뜸 우리 모두에게 경찰서까지 임의동행 해 달라고 요구했다. 임의동행이라는 말에 우리 집안 사람들은 모두 기겁을 했다.

우리가 아까 그 가족보다 무엇을 더 잘못한 것인지 이해할 수 없었다. 식당에서 벌어진 일에 잘잘못을 따지자면, 그 사람들이나 **우리나** 크게 다를 바가 없는데. 하지만 경찰서에 도착하고서야 무슨 이유로 우리를 경찰서까지 데려왔는지 알 것 같았다.

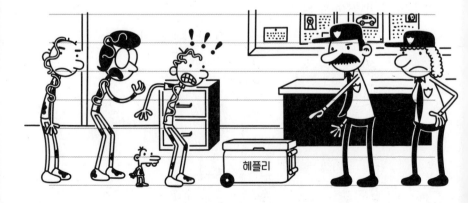

아이스박스를 보자마자 나는 물떼새 보호 구역에 무단 침입한
죄로 우리 가족에게 무거운 벌금형을 내리려나 보다 했다.
하지만 이 심각한 상황은 내가 아이스박스 뚜껑에 써 놓은
메모 때문이었다. 내가 아이스박스 뚜껑에 인간의 장기가 들어
있다고 써 놓았기 때문이다. 경찰들은 뒤로 물러서더니 나보고
직접 뚜껑을 열어 보라고 했다.

아이스박스 안에 들어 있던 건 고작 참치 샌드위치 서너 개
뿐이라는 사실을 알게 된 경찰들은 안도의 한숨을 내쉬었다.
우리는 경찰들에게 샌드위치를 먹고 싶으면 먹어도 된다고는
했다. 먹고 나서 그저 배에 탈이 나지 않기만을 바랄 뿐이다.

속탈 얘기가 나와서 하는 말인데, 엄마는 석양이 지기 전에 가족사진을 찍지 못해 무척 속상해했다. 밖에 나가 제대로 된 사진을 찍기에는 바깥은 이미 너무 어두워져 있었고, 설상가상으로 다음 날 저녁에는 비 예보가 있었다.

경찰들은 속상해하는 우리 엄마가 무척 안쓰러웠는지 도움을 자청하고 나섰다. 엄밀하게 따지자면 할머니가 원하던 사진은 아니었지만 주어진 상황에서 우리가 할 수 있는 최선의 선택이었다.

**루티넥 섬
경찰서**

금요일

어젯밤 우리가 비치 하우스로 돌아왔을 때, 빈센트 아저씨의
집이 전부 사라져 있었다. 케이키 이모는 아저씨가 떠나 버려
마음의 상처를 입은 것 같았다. 하지만 적어도 이모 곁에는
이모를 위로해 주는 자매들이 있었다.

나는 그저 느긋하게 자고 싶은 마음뿐이었다. 하지만 아침
일찍부터 현관 앞에서 나는 부산스러운 소리에 잠이 깼다.
그래서 무슨 일이 벌어지고 있는지 알아보기 위해 블라인드를
살짝 들어 올리고 바깥을 내다보았다.

전부 처음 보는 모르는 사람들이었다. 혹시 퍼레이드 같은 거리 행사라도 예정되어 있는 건지 인터넷으로 찾아보면 좋겠다는 생각을 했다. 마침 부엌에 있는 쌀 봉지에 담긴 엄마의 스마트폰이 떠올랐다.

믿거나 말거나 엄마의 방법은 효력이 있었다. 정말로 스마트폰은 다시 작동하기 시작했다. 스마트폰을 켜서 내 계정에 달린 댓글을 보고 이 많은 사람들이 왜 비치 하우스 앞까지 몰려왔는지 확실히 알게 되었다.

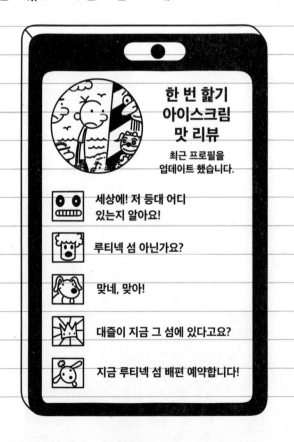

한 번 핥기 아이스크림 맛 리뷰

최근 프로필을 업데이트 했습니다.

세상에! 저 등대 어디 있는지 알아요!

루티넥 섬 아닌가요?

맞네, 맞아!

대즐이 지금 그 섬에 있다고요?

지금 루티넥 섬 배편 예약합니다!

대즐의 팬들이 어떻게 우리가 머무는 비치 하우스까지 찾아냈는지는 모르겠다. 이제 확실한 건 우리 가족이 더 이상 이곳에 머물 수 없게 되었다는 거다. 자다 일어나 정신을 차리고 밖에서 벌어진 상황을 재빨리 눈치챈 다른 식구들의 생각도 나와 같았다.

우리는 짐을 챙겨서 뒤뜰로 난 유리창을 통해 몰래 빠져나갔다. 사태가 사태인 만큼 여행 일정을 앞당겨 집으로 돌아가는 것에 대해 불만을 가진 사람은 한 명도 없었다.

다행히 우리는 아무에게도 들키지 않고 부둣가까지 갈 수 있었다. 부두로 가는 도중에 스쳤던 사람들이 대즐을 보았다면 아마 어떻게 해서든 같이 사진을 찍으려고 난리가 났을 것이다.

다음 배는 2시간 뒤에나 있었다. 그래서 우리를 육지로 실어다 줄 작은 배를 하나 빌렸다. 우리가 타고 갈 배의 종류가 그다지 마음에 들지는 않았지만, 상황이 상황인지라 찬밥 더운밥 가릴 때가 아니라는 것쯤은 나도 너무나 잘 알고 있었다.

해골바가지
유람선

가족들은 육지에 도착해서야 한숨 돌렸다. 하지만 그것도 잠시, 대즐 때문에 어쩔 수 없이 섬으로 되돌아가야만 한다는 사실을 깨달았다.

아마도 대즐은 우리 가족에게 진절머리가 나 더 이상 같이 있고 싶지 않았던 모양이다. 나도 대즐의 심정을 충분히 이해할 수 있다. 나 또한 우리 가족에게서 벗어나 혼자 있고 싶은 마음이 굴뚝같았으니까.

베로니카 이모는 루티넥 섬에 있는 경찰서에 전화를 걸어 강아지를 잃어버렸다고 신고했다. 경찰들은 강아지 실종에 대해 관할 지역 내에 다 알리겠다고 말했다. 우리가 소식을 기다리는 동안 엄마에게 좋은 생각이 났다.

오늘은 할머니의 일흔다섯 번째 생일이었다. 엄마는 실버타운에 있는 할머니를 다 같이 찾아가 깜짝 파티를 열면 어떻겠냐고 했다.

다들 한목소리로 정말 좋은 생각이라고 말했다. 그래서 우리는 각자 자동차를 몰고 할머니가 옮긴 새로운 실버타운으로 줄지어 향했다.

하지만 할머니가 있는 실버타운의 경비는 무척 삼엄했다. 정문을 지키는 경비 아저씨는 할머니에게 연락을 취해 들여보내도 좋다는 허락을 받기 전까지 우리를 절대 안으로 들여보내 주지 않았다.

경비 아저씨는 할머니에게 전화를 걸었다. 할머니가 전화를 받지 않자 아저씨는 다음에 다시 방문하라고 했다.

하지만 날이 날인 만큼, 그것도 할머니의 일흔다섯 생일날에 할머니를 만나겠다는 엄마와 이모들의 의지를 꺾을 수는 없었다. 그래서 우리는 실버타운 건물의 뒤로 돌아가서 몰래 안으로 **숨어 들어가기로** 결정했다.

물론 우리가 지금 저지르고 있는 짓이 불법 무단 침입이라는
것을 모르는 바는 아니었다. 이번 여름휴가 동안 저질렀던
끔찍한 일들을 생각하면 이건 그저 새 발의 피였다.

우리는 실버타운 단지의 후문을 몰래 넘어 할머니가 사는 집 문
앞에 도착했다. 우리가 문을 계속 두드렸지만 안에서는 아무
기척이 없었다.

똑똑똑
똑똑똑

노크 소리에도 답이 없자 모두들 걱정이 이만저만 되는 게
아니었다. 엄마는 정문으로 돌아가 경비 아저씨에게 아무래도
우리를 할머니 집 안으로 들여보내 주어야 할 것 같다고 했다.
할머니의 상태를 우리 눈으로 확인하려면 정말이지, 어쩔 수
없었다.

그렇게 하면 우리의 입장이 아주 곤란해질 거라는 것을 모르는
바는 아니었다. 하지만 할머니가 **괜찮은지** 살피는 일이
무엇보다 중요하다는 점에는 다들 같은 마음이었다.

그래서 우리는 다 같이 승강기를 타고 1층으로 내려가 건물
입구로 향했다. 그런데 걸어가다 보니 레크리에이션 센터에서
음악이 흘러나오고 있었다. 거기에는 사람들이 **빼곡히** 들어차
있었다.

누군가가 안에서 잔치를 열고 있는 게 분명했다. 문 뒤에서
고개를 살짝 들이밀고 살펴보니 내 생각이 **맞았다.**

할머니가 우리를 빼고 생일잔치를 열어서 몹시 기분 나빴지만
그보다 더 섭섭했던 점은 생전 처음 보는 낯선 사람들이
우리 할머니의 그 유명한 미트볼을 마음대로 실컷 먹고 있는
모습이었다.

한참 뒤 잔치가 마무리되었다. 모였던 사람들이 전부 떠나자 엄마와 이모들은 생일을 맞이한 할머니와 조용히 대화하는 시간을 가졌다.

할머니는 할머니의 일흔다섯 번째 생일잔치에 가족을 초대하지 않아서 미안하다는 사과로 말문을 열었다. 가족 모두를 멀리 떠나보낸 게 조금 미안하기는 했지만, 올해만큼은 모이기만 하면 늘 티격태격 싸우는 모습을 보고 싶지 않았다고 했다.

나도 대식구들과 거의 일주일을 함께 지내 보니, 할머니 말은 분명 틀린 말은 아니었다.

하지만 할머니가 그저 잠시 혼자만의 공간이 필요하다는 이유로 아무도 원치 않았던 휴가를 떠나게 만들었다는 점은 정말 생각할수록 어이가 없었다. 하지만 그런 점이야말로 한 집안의 우두머리가 되면 얼마나 많은 권력을 휘두를 수 있는지 확실하게 보여 주는 대목이었다.

권력 이야기가 나와서 말인데, 할머니는 우리에게 잔치가 끝난 레크리에이션 센터를 치워 달라고 했다. 이럴 때 빈센트 아저씨가 같이 있었으면 얼마나 좋았을까?

빈센트 아저씨를 생각하면 미안한 마음이 먼저 들었지만, 나중에 알아보니 아저씨는 아주 잘 지내고 있었다.

사실 빈센트 아저씨가 우리 가족의 단체 채팅 방에 메시지를 보냈었다. 아마 대즐이 아저씨를 채팅 방에 초대해 준 모양이었다.

지난 며칠 동안 일어났던 일을 생각하면, 이제 더 이상 크게 놀랄 일은 없다고 생각했다. 하지만 엄청난 일이 아직 하나 남아 있었다.

할머니가 나에게 쓰레기봉투를 밖에 있는 대형 쓰레기통에
버리고 오라고 시켰다. 쓰레기봉투는 생각보다 무척 무거웠다.
그래서 들고 가던 도중, 그만 봉투가 찢어지고 말았다.

바닥에 쏟은 쓰레기를 다시 쓸어 담기 시작하는데, 어느
비닐봉지에 적힌 상표가 내 눈길을 사로잡았다.

그 순간 모든 것이 명확해졌다. 팔라초 포모도로가 할머니의 미트볼 레시피를 훔친 것이 아니었다. 할머니는 지금까지 그 식당에서 파는 미트볼을 샀던 것이다.

할머니가 딸들에게 절대 그 식당에 가지 않겠다는 맹세를 받아 낸 것도 이제야 납득이 갔다. 만약 가족들에게 자신의 비밀을 들키면 가지고 있던 권력이 하루아침에 연기처럼 사라지게 될 테니까 말이다.

빈 비닐봉지를 들고 서 있던 나를 본 할머니는 그 자리에서 얼어붙어 버렸다. 우리 둘 다 잠시 말문이 막혀 무슨 말부터 해야 할지 머릿속이 새하얬다.

나는 가족들에게 할머니의 미트볼은 사실 가게에서 산 것이니 먹고 싶을 때 언제든지 주문해서 사 먹을 수 있다고 알려 줄까도 생각했다.

하지만 그때, 다른 생각이 떠올랐다. 만약 내가 할머니의 비밀을 폭로하지 않고 혼자 간직한다면? 어쩌면 내가 우리 집안의 다음 우두머리가 될 수 있지 않을까? 그렇게 되면 휴가를 어디로 갈지, 누가 누구와 결혼을 해도 될지 같은 집안의 모든 결정권을 내가 차지하게 될 것이다.

그래서 나는 할머니에게 할머니의 비밀을 안전하게 지켜 주겠노라 약속했다. 언제가 때가 되면 이 비밀이 나를 우리 집안의 우두머리로 만들어 줄 거다. 물론 새치기를 하는 것 같아 찜찜하기는 했지만, 권력은 때때로 지저분하고 구린 일들이 동반되기 마련이니까.

지은이 제프 키니

뉴욕 타임스 베스트셀러 작가로, 타임지가 꼽은

'세계에서 가장 영향력 있는 100인' 중 한 사람입니다.

그가 쓴 〈윔피 키드〉 시리즈는 '니켈로디언 키즈 초이스 어워드'에서

여섯 번이나 최고의 책으로 꼽혔습니다. 미국 워싱턴 D.C에서 어린 시절을 보내고,

1995년에 뉴잉글랜드로 이사한 뒤, 아내, 두 아들과 함께

'언라이클리 스토리' 서점을 운영하고 있습니다.

옮긴이 지혜연

이화여자대학교 영문학과를 졸업하고 미국 미시건 대학에서

영어영문학 석사 학위를 받았습니다. 전문 번역가로 활동하면서

《오싹오싹 좀비 금붕어》《찰리와 초콜릿 공장》《동화 속 주인공이 될 거야》

《거인 부벨라와 지렁이 친구》《열두 살 좀비 인생》《제임스와 슈퍼 복숭아》

《명탐정 티미》 등을 번역했습니다.